Faiyra Zann
Augen ohne Gesicht

Faiyra Zann

Augen
ohne
Gesicht

Thriller

Überarbeitete Fassung

Erstausgabe e-Book - Oktober 2012
Print - September 2016
© Faiyra Zann 2012
www.faiyra-zann.de

Covergestaltung: BoD, Norderstedt
Foto: Faiyra Zann

Herstellung und Verlag: BoD - Books on Demand, , Norderstedt
 ISBN: **9783741270987**

Karina konnte wieder einmal nicht schlafen. So stapfte sie barfuß auf den Flur. Sie wollte in die Küche gehen und sich ein Glas Milch holen.

Hoffentlich erwischen mich Ma und Pa nicht, dachte sie auf dem Weg zur Treppe.

Die glaubten nämlich ihre jüngste Tochter weile längst im Reich der Träume. Es war schon nach 23 Uhr und in der Schule stand für morgen ein Diktat an.
Doch das war es nicht, was Karina den Schlaf raubte. Sie war eine gute Schülerin. Nach diesem Schuljahr würde sie ein Gymnasium in der acht Kilometer entfernten Stadt besuchen. Darauf war sie stolz, denn sie war die Einzige aus ihrer Klasse!
Draußen rüttelte ein Sturm an den Bäumen. Dieses Geräusch war unheimlich und hielt sie wach. Ständig knarrte einer der alten Bäume, als würde jemand eine Tür bewegen, die dringend geölt werden musste.

Als sie an der Treppe angekommen war, horchte sie kurz. Genau gegenüber befand sich das Schlafzimmer der Eltern. Alle Schlafzimmer befanden sich auf dieser Etage. Das der Eltern, das ihres Bruders Jonas und das von Larissa, ihrer älteren Schwester. Jonas war nur vier Jahre älter als Karina, aber Larissa war schon 20 Jahre alt.
Karina verstand nicht, warum ihre Eltern die Älteste noch immer hier wohnen ließen, ohne dass sie auch nur einen Cent zum Lebensunterhalt beisteuern musste. Jonas hatte im Sommer, nach seinem Geburtstag, anfangen müssen Zeitungen zu verteilen. Nun war er Samstag und Sonntag unterwegs, um sich zum einen sein Taschengeld, zum anderen seinen Obulus zum Haushaltsgeld zu verdienen. Der war nicht wirklich groß, trotzdem fand

Karina das ungerecht. Larissa ging nicht mehr zur Schule. Die verdiente schon seit drei Jahren ihr eigenes Geld! Aber auch nur, weil der Vater ihr damit gedroht hatte, sie vor die Tür zu setzen, nachdem sie ein Jahr lang nur mit ihren Freunden um die Häuser gezogen war. Soweit Karina das verstanden hatte, hatte Larissa keine Ausbildung gemacht. Sie arbeitete im Kiosk des Ortes.
Ungefähr fünf Monate, nachdem sie dort angefangen hatte, war Larissa einige Zeit nicht zu Hause gewesen. Pa hatte Karina erklärt, ihre Schwester wäre bei Freunden. Aber Ma weinte ständig in dieser Zeit. Einige Male war auch die Polizei bei ihnen gewesen. Karina wusste schon, dass mit der Geschichte von ihrem Vater etwas nicht stimmte. Was aber genau los war, damals, wusste sie bis heute nicht. Nur, dass die Eltern seither nicht mehr an Larissa rumgemeckert hatten.
Die große Schwester hatte inzwischen Tattoos und ein Piercing in der Nase. Die eigentlich dunkelblonden Haare waren schwarz gefärbt, und statt wie früher Jeans und freche Shirts zu tragen, ging sie nun grundsätzlich in Schwarz. Zur Arbeit in schwarzer Hose und schwarzem Shirt oder Pulli, in der Freizeit in wallenden Gewändern. Auch ihr Musikgeschmack hatte sich radikal geändert. Hörte sie früher mit Vorliebe Justin Timberlake, so waren es heute Bands, die gruselige oder krawallige Musik machten. So was wie Silke Bischoff, Das Ich, Megaherz, Blutengel, Susie und die Bunnies ... Auch der Freundeskreis hatte sich geändert. Von den einstigen Kumpels waren nur Ines, die beste Freundin von Larissa und Benny übrig geblieben. Mit Benny war Larissa schon in den Kindergarten gegangen.
Früher wären ihre Eltern die Wände hochgegangen, deshalb. Aber heute ...

Noch darüber grübelnd, was wohl der Auslöser für all diese Merkwürdigkeiten gewesen war, stand Karina inzwischen in der geräumigen Küche. Geübten Schrittes war sie, nachdem sie das leise Schnarchen ihres Vaters vernommen hatte, die Treppe hinab geschlichen. Immer vorsichtig die Seite wechselnd, wenn die Holzstufen zu quietschen drohten. Jahrelanges Training hatte sie auch die Holzdiele meistern lassen, ohne ein Geräusch erzeugt zu haben. Auch darauf war sie stolz. Niemandem sonst in der Familie gelang das! Auch Walt, der Cocker Spaniel, hatte nur kurz geblinzelt. Schließlich war er es gewohnt, dass seine kleine Herrin Nächtens durch das Haus schlich.

Als Karina am großen Esstisch vorbei auf dem Weg zum Kühlschrank war, blieb sie plötzlich wie angewurzelt stehen. Sie hatte notgedrungen einen Blick aus dem Fenster geworfen - es lag der Tür gegenüber - und hätte schwören können, dass sie in zwei Augen geblickt hatte!

Karina war kein ängstliches Kind. Vorsichtig näherte sie sich dem Fenster, um zu schauen, welch ein Tier da wohl im Baum saß. Doch als sie das Fensterbrett fast erreicht hatte, sah sie nur noch einen Schatten und dann nichts mehr, außer sich biegenden Bäumen und Äste.

Vielleicht, dachte sie belustigt, *konnte sich ein Eichhörnchen nicht mehr halten und ist grad aus dem Baum gefallen! Oder eine Katze!*
Ohne sich weitere Gedanken darüber zu machen, holte sie sich ein Glas aus dem Hängeschrank über der Spüle, öffnete den Kühlschrank und holte die Milch heraus. In der Hoffnung mit der weißen Flüssigkeit im Bauch endlich schlafen zu können, machte sie sich auf den

spießrutenartigen Rückweg in ihr Zimmer. Lautlos Treppe rauf war noch kniffliger, als Treppe runter! Doch es gelang ihr. Auf dem obigen Flur angekommen lauschte sie noch einmal in die Dunkelheit. Aber nur aus Larissas Zimmer, am Ende des Flures, drang leise "On the other side". Karina nahm die zweite Tür auf der linken Seite, und befand sich wieder in ihrem Reich.

Eingerollt, die eisigen Füße unter der Decke aneinander reibend - zu dieser Jahreszeit war es abends schon ziemlich kalt - wanderten Karinas Gedanken wieder zu der Veränderung, die mit ihrer Schwester passiert war. Über ihren Grübeleien schlief sie schließlich ein.

Als das Mädchen am nächsten Morgen, noch ein wenig verschlafen, in der Küche auftauchte, herrschte dort beklommenes Schweigen. Der Vater studierte mit verkniffenem Blick einen Artikel in der Tageszeitung, ihre Mutter hantierte nervös an der Spüle. Larissa war nirgends zu sehen und Jonas hockte mit gesenktem Kopf über seinem Frühstücksbrot. Niemand achtete auf sie, als sie am Tisch Platz nahm. Erstaunt stupste sie Jonas an. Der schien aus seinen trüben Gedanken zu erwachen und lächelte sie an.

"Moin Kleene!" Waren seine Worte an sie.
"Auch Moin. Was ist denn hier los?"
"Irgend so ein Schwerverbrecher wurde aus dem Gefängnis entlassen, steht in der Zeitung. Aus irgend einem Grund hat das die Eltern aufgeregt.", zuckte der Junge mit den Schultern.
"Aber, es werden doch immer wieder Leute freigelassen", meinte Karina, an ihren Vater gewandt.
Der blickte sie an und schien sich sortieren zu müssen, bevor er antwortete.
"Dieser hier hat aber so richtig was auf dem Kerbholz!", spuckte er aus.
"Was denn?" Das Mädchen wollte wissen, was schon den Morgen so unangenehm machte.
"Nichts für neugierige, zehnjährige, Ohren. Wenn ich dir das erklären würde, könntest du die nächsten Wochen nicht schlafen!", antwortete ihr Pa, jetzt freundlich.
"Stimmt!", warf die Mutter ein. "Ein kleines Kind sollte sich damit nicht belasten. Schreibst du heute nicht dein Diktat?"
"Ja ..."

Karina war enttäuscht. So, wie die Erwachsenen reagiert

hatten, musste der Typ ein Monster sein. Hoffentlich konnten die die nächsten Nächte schlafen!
Immer noch schlecht gelaunt machte sie sich für die Schule fertig. Als sie die Haustürklinke schon in der Hand hatte, hörte sie, wie ihre Eltern heftig diskutierten.

"... sich das nächste Kind greift...", hatte ihre Mutter gerade ungewohnt hysterisch gesagt.
"Der darf doch nicht näher als 500 Meter an die Kids ran! Das war die Auflage!"
Pa wirkte ungeduldig. Das war gar nicht seine Art!
"Mir wäre es aber lieber gewesen, er hätte die komplette Strafe abgesessen!"
"So sind aber nun mal die Gesetze. Da siehst du, wo uns das alles hingeführt hat! Jetzt muss ich aber los!"
Schnell huschte die Jüngste aus der Tür. Die Eltern brauchten nicht zu wissen, dass sie gelauscht hatte!

Gelauscht ja, nur verstanden hatte sie nichts! Missmutig darüber, dass sie immer noch nicht wusste, was eigentlich los war, kickte sie eine Kastanie auf die Straße. Der Weg zu Schule führte durch eine Kastanienallee. Sie würde noch viele dieser braunen, runden, Dinger auf die Straße schießen können!
Es ärgerte sie sehr, wenn man sie behandelte wie ein kleines Kind. Immerhin war sie schon zehn! Und sie würde als Erste der Familie ein Gymnasium besuchen! Was sollte das heißen: "Kind greifen"? Und: "Nicht näher als 500 Meter ran?" Hatte der Entlassene etwa Kinder entführt?
In dem kleinen Kopf reifte die Idee, dass es so sein musste. Deshalb wollten die Eltern ihr nichts darüber erzählen, damit sie keine Angst bekam!
Aber, dachte der kleine Kopf weiter, *wenn der sich 500*

Meter von jedem Kind entfernt halten muss, kann er das doch gar nicht mehr! Und ... geht das überhaupt? Muss so einer jeden Laden verlassen, wenn ein Kind im Anmarsch ist?

Erst kurz vor der Schule fiel ihr auf, dass sie keines der Kinder, die den gleichen Schulweg hatten, getroffen hatte. Wie sie bald erfahren sollte, hatten die meisten Eltern ihre Kinder mit dem Auto gebracht. Die, die zu Fuß gehen mussten, waren in Gruppen gekommen. Es schien, als wäre Karina die Einzige, die allein unterwegs gewesen war.
Ma und Pa besaßen kein Auto. Pa fuhr mit dem Fahrrad ins nächste Dorf, in die einzige Fabrik weit und breit. Ma fuhr mit dem Bus in die Stadt. Sie arbeitete den halben Tag in der dortigen Bibliothek. Obwohl das eigentlich alle wussten, war niemand auf die Idee gekommen, Karina in einer Gruppe mitgehen zu lassen!
Überall auf dem Schulhof, egal, in welchem Alter, wurde über den Zeitungsartikel diskutiert. Das merkten auch die Lehrer. Deshalb wurde vorerst kein Unterricht abgehalten, sondern alle Kinder in der Aula versammelt.
Der Direktor erklärte, worum es in dem Artikel ging. Dieser Entlassene hatte tatsächlich ein Mädchen entführt, vor einigen Jahren. Da das Kind aber wieder aufgetauchte - es hatte fliehen können -, ansonsten jedoch keine Informationen aus ihm herauszubekommen waren, hatte der Mann fünf Jahre Haft bekommen. Nicht mehr, weil ihm nicht nachzuweisen war, dass er dem Kind weiterhin geschadet hatte. Nun war nach drei Jahren der Rest der Strafe zur Bewährung ausgesetzt worden, wegen guter Führung. Eben unter der Auflage, sich von Kindern fernzuhalten. Karina schmunzelte. Hatte sie doch Recht gehabt! Nur eines konnte sie noch nicht in

das Puzzle einfügen: *Was hatte uns wohin geführt?*

Der Direktor erklärte noch, dass der Mann in der Stadt eine Bleibe gefunden hatte, und es wenig Anlass zur Sorge gebe. Er gab noch ein paar Verhaltensregeln mit auf den Weg, aber Karina hörte kaum mehr zu. Sie rätselte daran herum, was wem was gebracht hatte.
Geistesabwesend folgte sie der Gemeinschaft auf die Flure der Schule. Ihre Lehrerin sprach sie an.

"Guten Morgen, Karina! Du bist allein gekommen, stimmt's?"
Das Mädchen nickte.
"Haben deine Eltern die Zeitung nicht gelesen?"
"Doooch", antwortete sie.
"Trotzdem haben die dich alleine gehen lassen?"
Frau Maier schüttelte verständnislos den Kopf.
"Ab morgen gehst du mit Marc, Jana und Elias, klar? Ich kläre das nachher ab!"
"Aber, der Direktor sagte doch, dass wir uns keine Sorgen machen müssen!", begehrte Karina auf.

Der Gedanke mit Jana und Marc den Weg zurücklegen zu müssen, gefiel ihr nicht. Deren Eltern waren stinkreich. Die beiden hatten alles, was man sich nur denken konnte. Und sie konnten es nicht lassen dieses alles stets und ständig hervorzuheben. Hier die tollen neuen Schuhe, da der teure Rucksack, gestern das neueste Handy, und morgen das eigene Pony. Die beiden waren Zwillinge, auch wenn man ihnen das nicht ansah. Und zu allem Überfluss gingen sie in Karinas Klasse. Elias war zwar ein Jahr jünger, als sie, und eine Klasse unter den anderen, jedoch um einiges verträglicher, als die Zwillinge. Seine Familie lebte erst seit zwei Jahren hier, weil sein Vater den Job des Projektmanagers in der Firma gekommen hatte, in der auch ihr Vater arbeitete. Elias hatte noch vier Geschwister. Alle waren sie älter. Janus, der älteste war schon fünfundzwanzig! Der kam nur ab und an zu Besuch. Er lebte lieber weiterhin an der See ...

Im Klassenzimmer war Ruhe eingekehrt, die Schreibhefte lagen auf den Tischen, das Diktat wurde geschrieben. Karinas Ohren hörten die Worte, ihre Hände schrieben sie auf das Papier. Ihre Gedanken verweilten aber bei der Aussicht mit Jana und Marc zusammen sein zu müssen. Lautlos murmelte sie vor sich hin:
"Es muss eine andere Möglichkeit geben, eine andere Lösung. Es muss einfach!"
Mit einem Mal war sie völlig erschöpft. Mühsam versuchte sie weiterhin die Worte des Paukers zu vernehmen, ihre Hand dazu zu bewegen, Gehörtes auf das Papier zu bringen. Die Wörter verschwammen vor ihren Augen, dann sah sie nichts mehr ...
Als der Körper in sich zusammensackte, fiel der Kopf mit einem Rumms auf den Tisch. Herr Wagenratt war gerade noch rechtzeitig zur Stelle, um das Mädchen aufzufangen, als es von seinem Stuhl kippte. Die meisten Kinder waren erschreckt aufgesprungen und standen nun hilflos herum. Der Lehrer sah sich der Situation bald nicht mehr gewachsen. Deshalb packte er sich die, wie leblos wirkende, Karina, rief einem Jungen zu, er solle die Hefte einsammeln und einem Mädchen, es solle ins Sekretariat laufen, damit die Eltern von Karina informiert würden. Dann eilte er mit dem Mädchen auf dem Arm aus der Klasse. Als er die Tür schon mit dem Fuß hinter sich schließen wollte, rief er noch über die Schulter:

"Und ihr verhaltet euch ruhig!"

Herr Wagenratt war jung. Gerade mit der Ausbildung fertig. So rannte er ohne Mühe den Flur entlang zum Haupteingang. Als er die wenigen Stufen zum Schulhof hinter sich gelassen hatte, schlug Karina die Augen auf. Es dauerte ein paar Sekunden, bis sie wusste, wo sie sich befand. Auf dem Arm ihres Paukers, der wie von Furien gehetzt über den Schulhof rannte!

"Wollen Sie mich entführen!?!", fragte sie matt.

In ihrem Kopf dröhnte es, und sie hörte ihre Stimme, als käme sie von weit her. Der junge Mann war so erleichtert, dass er lachte.

"Oh, ja! Aber nur zu Doktor Becker, auf der anderen Straßenseite!"
"Aber warum?" Karina kam es noch immer so vor, als hätte sie Watte im Kopf.
"Weil das kleine Fräulein, auf meinem Arm, eine Punktlandung, mit dem Kopf, auf ihr Heft hingelegt hat und dann vom Stuhl gekippt ist! Kannst du dich nicht erinnern?"
Das Mädchen schüttelte den Kopf.
"Was glaubst du, kannst du die paar Meter, in die Praxis gehen?"
Die Kleine nickte.
Auf wackeligen Beinen schaffte sie es bis zur Anmeldung. Dort ließ sie sich auf den nächsten Stuhl fallen. Der Lehrer erklärte das Geschehene und eine Helferin brachte das Mädchen in einen Behandlungsraum, indem eine Liege stand. Ohne Widerworte legte Karina sich dort nieder. Der Kopf schien wieder klar, nur der Körper fühlte sich an, wie ein Klumpen Matsch.

Sie hätte nicht sagen können, wie lange sie dort allein liegen musste, bis der Arzt kam. Bis es soweit war, schaute sie aus dem Fenster.
Wieder hatte sie das Gefühl in zwei Augen zu sehen. Dieses Mal lugten die aus einem Gebüsch hervor.
Schließlich kam Doktor Becker durch die Tür geschossen, als wäre ihr der Kopf abgefallen, nachdem sie auf dem Pult aufgeschlagen war! Herr Becker war wirklich besorgt. Es war nicht normal, dass ein zehnjähriges Mädchen einfach so umkippte. Noch dazu, weil es bisher kerngesund war! Nachdem er sich sicher war, das die Kleine geistig wieder voll da war - er hatte das mit ein paar Fragen herausgefunden - musste Karina ganz genau erzählen, was passiert war. Danach, wie der Tag bis dahin abgelaufen war, dann was an dem Tag zuvor bei ihr los gewesen war. Was sie gegessen und getrunken hatte, ob sie gestürzt war oder Ähnliches, ob jemand aus der Familie krank war ... Das Mädchen antwortete wahrheitsgemäß. Es erzählte auch, dass es nachts noch in der Küche war, und nicht mit den Zwillingen zur Schule gehen wollte. Nur dass sie jetzt zum zweiten Mal aus dem Fenster heraus in ein Augenpaar geblickt hatte erzählte sie nicht. Das erschien ihr nicht wichtig.

Inzwischen war ihr Vater ganz aufgelöst in der Praxis angekommen. Ein Kollege hatte sich sofort bereit erklärt, ihn das kurze Stück zu fahren. Herr Wagenratt war schon längst wieder bei seinen restlichen Schülern. Noch blasser, als seine Tochter, saß Herr Beunlik in dem Sprechzimmer neben dem Mädchen. Während die Erwachsenen überlegten, was der Kleinen fehlen konnte, fühlte die sich wieder wohl und wollte zurück in den Unterricht.
"Nix da, kleine Lady!", entgegnete der Arzt. "Auch wenn

ich im Moment mit meinem Latein am Ende bin, wirst du die nächsten zwei Tage schön im Bett verbringen! Und morgen früh komme ich zu euch, um dir Blut abzunehmen."

Karina konnte den Aufstand nicht verstehen. Deshalb erklärte Herr Becker: "Auch, wenn dir scheinbar nichts fehlt, und du dich im Moment wieder gut fühlst, kann sich in deinem kleinen Körper eine Krankheit breit gemacht haben, die später, wenn sie erst einmal offen zu Tage tritt, schwer zu behandeln ist. Wenn wir Ärzte das Blut unserer Patienten untersuchen, können wir meist sehen, ob sich im Körper etwas herumtreibt, das da nicht hingehört!"

Wie spannend! Karinas Interesse war erwacht. Deshalb war sie auch endlich einverstanden im Bett zu bleiben, bis das abgeklärt war. Ein wenig verzagt fragte sie dann noch, wie viel Blut sie dafür abgeben musste und wie das vonstatten ging. Der Arzt grinste und verließ den Raum. Als er wiederkam hatte er eine Spritze in der Hand, die riesig war. Entsetzt klammerte das Mädchen sich an ihren Vater. Noch immer grinsend begann der Arzt:

"Mit dieser Spritze hier", er rollte das Monstrum in seiner Hand, "erschrecke ich liebend gern kleine Kinder!" Er legte das Ding aus der Hand und zog aus seiner Kitteltasche die echte Spritze."In Wirklichkeit reichen drei hiervon!"

Jetzt lachte auch Karina, und warf das schmale Kissen, das auf der Pritsche lag, nach ihrem Arzt. Dieser duckte sich lachend und rief dem Vater gespielt verängstigt zu: " Schaffen Sie dieses Ungeheuer hier raus!" Vergnügt verließen Vater und Tochter die Praxis. Da das Mädchen keinerlei Anzeichen von Schwäche mehr zeigte, gingen sie zu Fuß nach Haus.

Karina ging es wieder gut. Auch in ihrem Blut konnte der Arzt nichts Außergewöhnliches finden. Nur der Eisengehalt hätte ein wenig höher sein dürfen. Deshalb bekam das Mädchen nun täglich ein Glas schwarzen Johannisbeersaft zum Frühstück. Während ihrer Zeit im Bett hatte sich auch das Problem mit den Zwillingen erledigt. Deren arrogante Eltern wollten niemanden außer ihren Schützlingen zur Schule fahren! Schon gar nicht Karina, deren Eltern noch nicht einmal die Kirche besuchten! Heimlich fragte sich Karina, ob sie sich das während des Diktates herbei gesehnt hatte. So startete sie einen Selbstversuch. Täglich dachte sie sich drei Wünsche aus, die sie dann ganz doll dachte.
Mit dem Ergebnis konnte sie nichts anfangen. Ein paar hatten sich erfüllt. Zum Beispiel gab es einmal mitten in der Woche Pfannkuchen zum Frühstück oder Justin Bieber lief im Radio, als sie ihn hören wollte. Aber Wünsche wie ein Pferd oder mehr Taschengeld erfüllten sich nicht. Sie konnte sich das nicht erklären, deshalb fragte sie ihre Schwester. Die beschäftigte sich mit solchen Sachen wie Kartenlegen und Gläserrücken.

Larissa hatte sich mit wachsendem Erstaunen angehört, was ihre kleine Schwester zu berichten hatte. Karina war froh, dass die Ältere ihre Erzählungen nicht als Kinderfantasien abtat, sondern sich ernsthaft mit ihr darüber auseinander setzte. Larissa erklärte ihr, wie man es veranstaltete, dass man keine Kopfschmerzen beim Wünschen bekam - die hatte die Kleine dabei noch oft. Außerdem zeigte die Große der Kleinen ein paar Entspannungsübungen, die auch beim Einschlafen helfen sollten. Selbst Larissa, die nächtelang über ihren Büchern hing oder mit den Freunden ihren Spaß hatte, war der Meinung, mit zehn würde man den Schlaf noch brauchen!

Von nun an versuchte sich Karina erstmal darin, die Übungen zu beherrschen. Sie war klug genug zu wissen, dass Erfolg nur mit der Übung kam. Beim Ballett war es nicht anders. Da mussten sie jahrelang fleißig Positionen üben und die Gelenkigkeit trainieren, bevor sie das erste Stück einstudieren und aufführen durften. Dieses Jahr würde Karina im Nussknacker eine Rolle übernehmen. Noch etwas worauf sie stolz war!

Also lag sie abends in ihrem Bett und befahl ihrem Körper ganz schwer zu werden. Mal nur der Hand oder dem Arm. Mal den Beinen, mal dem ganzen Körper. Nach ein paar Übungen klappte das schon ganz gut. Dann versuchte sie das Denken abzustellen. Dies erwies sich als nicht so einfach. Schon nach wenigen Sekunden ertappte sie sich dabei, dass sie dachte.

Das war eine neue Erkenntnis für das Mädchen. Bis dato hatte sie immer angenommen, ihr Gehirn würde das tun, was sie wollte! Nun stellte sie jedoch fest, dass es ein Eigenleben zu führen schien. Auch mit der Wunscherfüllung war das so eine Sache. Je länger sie trainierte, umso wunschloser schien sie zu werden! Es fielen ihr einfach keine drei Wünsche pro Tag mehr ein! Zwar funktionierten solche "Jux-Wünsche" immer prompter - Oma und Opa waren unverhofft zu Besuch da gewesen, der ihr lästige Schwimmunterricht war ausgefallen... - aber ein Auto hatten ihre Eltern noch immer nicht, das Pferd stand nicht vor der Tür und am nächsten Abend zur Halloween Party von Christian durfte sie auch nicht!

Das wurmte Karina am meisten. Fast zwei Wochen hatte sie öffentlich mit Betteln und Muckschen versucht Ma und Pa zu überreden, genauso lange hatte sie es mit heimlichem Wünschen versucht, nichts zu machen, die Eltern blieben hart! Als Erklärung bekam sie nur zu

hören: "Weil wir das sagen!" Toll! So hatte Karina ihren Freunden noch nicht einmal sagen können, warum sie nicht zur Feier durfte.
Sie konnte nicht verstehen, warum sie keine Erlaubnis erhielt. Christian wohnte nur eine Straße weiter. Zwölf Kinder waren eingeladen, alle ihren Eltern bekannt. Die Eltern von Christian würden dabei sein und es sollte Spanferkel geben, Punsch und sonstige Leckereien. Ein paar Spiele sollten gespielt werden, verkleidet an den Türen der Dorfbewohner geklingelt werden, um Süßes zu "erpressen" und nachdem sie sich ausgetauscht hätten, wer was abgestaubt hatte, würden alle in einem Raum bei Christian übernachten. Wo also war das Problem?

Zum ersten Mal in ihrem Leben fiel Karina auf, dass in ihrer Familie sowieso anders gefeiert wurde. Wenn alle anderen Weihnachten feierten, waren die Beunliks damit schon durch. Bei ihnen wurde am 21. gefeiert. Und nicht mit einem großen Tannenbaum. Es wurden nur die Gegenstände im Haus mit grünen und roten Schleifen geschmückt. Sogar Jonas' Kaktus! Das sah sehr lustig aus. Dann gab es ein leckeres Essen, und abends wurde, mitten im Winter, die Feuerschale im Garten entzündet. Wenn es nicht zu kalt war, spielte Pa auf der Gitarre und über dem Feuer wurden Würstchen, Marshmalows und Äpfel "gegrillt."
Silvester gab es nicht, dafür wurden am 2. Februar ein paar Kerzen entzündet und kleine Geschenke verteilt. Nur die Geburtstage feierte ihre Familie wie alle anderen auch.
Karina erhob sich von ihrem Bett, auf dem sie gekauert hatte und ging zum Fenster. Es war nach 21 Uhr und wieder einmal hätte sie längst schlafen sollen. Aber Karina war beleidigt. Morgen war keine Schule. Wenn sie

schon nicht mit den anderen feiern durfte, wollte sie wenigstens so lange wach bleiben, wie sie wollte!
Als Pa seinen Kontrollblick durch die Tür geworfen hatte, lag seine Tochter artig unter der Decke. Aber kaum war die Tür geschlossen, krabbelte sie darunter hervor. Sie hatte noch nicht einmal den Schlafanzug an!
Der Tag hatte ungewöhnlich milde Temperaturen gehabt. Erst zum Abend löste sich die Bewölkung auf, die so tief hing, dass das Gefühl aufkam, sämtliche Geräusche mussten darin steckenbleiben. Nun hoffte Karina den Sternenhimmel zu sehen, als sie das Fenster öffnete. Sie liebte es die Sterne zu betrachten. Die blinkten ihr immer so freundlich zu! Karina stellte sich dann immer vor, dass in jedem dieser Sterne jemand wohnte. Nachts würden die dann, damit sie nicht so alleine waren mit einem Licht funken, um sich zu unterhalten.
Sie war froh, ihre Jacke übergeworfen zu haben. Jetzt war es kalt. Sehr kalt! Trotzdem warf das Mädchen einen Blick über die Bäume vor ihrem Fenster auf das Himmelszelt. Zu dieser Jahreszeit brauchte sie sich nicht mehr so zu strecken, um etwas zu sehen. Die Apfelbäume waren fast kahl. Im Sommer war das anders. Da wäre sie bei dem Versuch den Himmel zu sehen einmal beinahe aus dem Fenster gefallen!
Sie schauderte. Zum einen blies ihr ein garstiger Wind um die Ohren, zum anderen saß ihr wieder der Schreck vom Sommer in den Knochen. Seither hatte sie sich nicht wieder so weit aus dem Fenster gelehnt. Vorsichtig wagte sie den Blick nach unten.

Erstaunt trat sie vom Fenster zurück. Schon wieder hatte sie in dieses Augenpaar geblickt! Als sie wieder hinaus sah, war nichts mehr da.

Habe ich einen neuen Freund, fragte sie sich. *Langsam wird das komisch!*

Sie erinnerte sich, dass sie, als sie gerade sieben Jahre alt war, so einen vierbeinigen Freund hatte. Damals hatte ein kleines Kätzchen beschlossen, sich Karina anzuschließen. Wo sie auch hinging, die Katze war ganz in ihrer Nähe! Leider hatte Karina das Tier nicht behalten können. Walt hatte mächtig was dagegen! Nach ein paar Monaten hatte sie das Katzenkind nicht mehr gesehen ... Vielleicht war die Katze jetzt wieder da? Die Augen, die sie in der letzten Zeit gesehen hatte gehörten bestimmt zu einem ausgewachsenen Tier!

Nachdem das Fenster wieder geschlossen war, schlich sich Karina aus der Zimmertür. Im Haus war es düster. Aus Larissas Zimmer murmelte es leise, wahrscheinlich hatte sie Besuch. Aus Jonas' Zimmer war nichts zu hören. Entweder schlief er schon oder er las. Jonas las viel. Der war auch selten mit Freunden unterwegs.
Plötzlich fragte sich das Mädchen, ob der Bruder überhaupt Freunde hatte. Es konnte sich nicht daran erinnern, ihn jemals mit jemand anderem als Basti gesehen zu haben. *Aber, jeder Mensch hat doch Freunde*, wunderte sich die Kleine. Sie beugte sich über das Treppengeländer, um herauszubekommen, ob ihre Eltern im Wohnzimmer vor dem Fernseher saßen. Auch für sie war Wochenende. Das war nicht immer der Fall. Es gab Wochen, da musste Pa auch Samstag und Sonntag "ran", wie er das nannte. Hatten aber beide frei, lief es immer so ab, dass Freitags Fernsehen angesagt war, Samstag wurde das Haus geputzt und eingekauft, danach waren die Kinder an der Reihe. Es wurden Brettspiele gespielt oder in den Zoo gefahren oder sonst was veranstaltet. Im

Wechsel durften Jonas und sie sich aussuchen, was zu geschehen hatte. Larissa nahm nur teil, wenn sie frei hatte. Das kam nicht allzu oft vor, da der Kiosk auch an Sonntagen bis 14 Uhr geöffnet hatte.
Sie hatte gerade den Lichtstrahl durch den Türschlitz des Wohnzimmers realisiert, als Walt von seinem Platz aufsprang und laut bellend zur Tür lief. Karina erschrak so darüber, dass sie gegen die Wand hinter dem Geländer taumelte bei dem Versuch nicht erwischt zu werden. Schon kamen die Eltern gelaufen und rissen die Haustür auf. Mit einer Taschenlampe bewaffnet, suchte ihr Vater den Garten ab. Ihre Mutter hielt den Hund fest.
"Und Adrian? Konntest du etwas entdecken?", fragte die nervös, als der Vater zurückkam.
"Ne. Reg dich nicht auf, Sonja. Wahrscheinlich war es nur eine Katze, die versucht hat ins Haus zu kommen. Es ist garstig hier draußen!"
Nachdem die beiden die Tür verriegelt hatten, Karina beobachtete es mit Staunen, sagte ihr Pa noch:
"Du weißt doch wie sehr Walt auf Katzen steht!"
Dabei strich er ihr über das Haar. Es ging kein Blick der beiden nach oben. Wahrscheinlich hatten sie das Gepolter mit der Wand in der Schrecksekunde gar nicht wahrgenommen. Karina war erleichtert. Nur das mit dem Rausschleichen hatte sich nun erledigt. Die Tür verriegeln - das taten die Eltern doch sonst nie!

Noch verärgerter als zuvor drehte Karina sich um. Sie wollte zurück in ihr Zimmer. Jetzt erst bemerkte sie, dass Larissa im Rahmen ihrer Tür lehnte. Mit hochgezogenen Augenbrauen und vor dem Körper verschränkten Armen musterte diese ihre Schwester eindringlich.

"Was soll das denn werden?", zischte sie Karina zu.

"Du kannst froh sein, dass die Alten nichts gemerkt haben!"
Karina nickte nur.

Larissa hatte Mitleid mit dem ärgerlichen Kind. So griff sie dessen Arm und zog es in ihr Zimmer. Dort angekommen drückte Larissa die Jüngere in einen Sessel. Nachdem auch sie sich gesetzt hatte, forderte sie Karina auf, ihr zu erzählen, was los war. Diese schüttete ihr Herz aus. Sie erzählte auch, dass sie schauen wollte, ob sich im Garten eine Katze herum trieb, wegen der Augen, die sie in letzter Zeit sah. Als Larissa dies vernommen hatte, richtete sie sich kerzengerade auf.

"Wo hast du Augen gesehen? Wann?"

Als Karina ihre Ausführungen beendet hatte, biss sich Larissa auf die Lippen. Ein wenig gepresst sagte sie schließlich: "Na, Walt hat das Vieh nu wohl vertrieben!"
Die Kleine nickte bedrückt.
Larissa seufzte und begann ihrer Schwester zu erklären, warum sie nicht zu der Party durfte. So erfuhr Karina, dass die Eltern sich einer Naturreligion verschrieben hatten und nach einem etwas anderen Kalender lebten, als die meisten Menschen. Und die Lehre dieser Religion besagte, dass an Halloween die Schleier zwischen der diesseitigen und der jenseitigen Welt sehr dünn seien. In dieser Nacht hatten es böse Geister leichter ihr Unwesen zu treiben. Deshalb mochten die Eltern ihre Kinder in dieser Nacht nicht aus den Augen lassen. Das kleine Mädchen atmete auf. Es lag also nicht an ihr, sondern an dem Glauben, den Ma und Pa hatten. Auch wenn der merkwürdig klang ... Aber sie hatte gelernt, alle Glaubensrichtungen zu respektieren.

Elias, zum Beispiel, war Jude, Jana und Marc Christen. Larissa erinnerte die Kleine wohlweislich nicht daran, dass es ein solcher Tag gewesen war, als sie nicht wieder zu Hause auftauchte.

Noch während Larissa sprach, war Karinas Blick auf einen Spiegel gefallen, der nass war und in der Fensterbank lag. Neugierig geworden fragte sie ihre Schwester, was es damit auf sich hatte. Diese seufzte, und verdrehte die Augen. Daran den Spiegel verschwinden zu lassen hatte sie nicht gedacht! Sie seufzte nochmal und erklärte dann, dass man mit solch einem Spiegel ganz tief in sich selbst versinken kann und dann Fragen auf alle Antworten bekäme, weil tief im Innersten eines jeden Menschen alles Wissen der Menschheit verborgen läge. Die Jüngere hielt die Luft an. Was das für Möglichkeiten bot! Auf der Stelle wollte sie wissen, wie es funktionierte. Larissa erzählte auch das. Dann zuckte sie mit den Schultern.
"Mir hat das Ding bisher nur ganz verzerrte Bilder gezeigt. Ich glaube, da muss man lange üben!"
Sie kam nicht auf die Idee, dass Karina vielleicht zu jung für solche Experimente sein könnte.

Die Kirchturmuhr hatte zwölf Mal geschlagen, als Karina in ihr Zimmer zurückgeschlichen war. Obwohl sie ganz aufgeregt war, ob der Option alle Fragen der Welt beantworten zu können, fielen ihr die Augen fast zu. Larissa hatte ihr noch gesagt, warum sie nicht einfach den Spiegel der großen Schwester haben konnte - der würde ihr nur Larissas Inneres zeigen - und so kuschelte sie sich unter ihre Decke, nachdem sie sich umgezogen hatte, mit dem Vorsatz am nächsten Tag einen Spiegel zu kaufen.

Von nun an beobachtete Karina genau, wann der Mond in ihr Zimmer schien. Eine Kerze durfte sie nicht in ihrem Zimmer haben und die Deckenbeleuchtung war zu hell, um in den Spiegel zu blicken. Sie hatte sich ein albernes, rosafarbenes Teil gekauft, um kein Aufsehen zu erregen. Bezahlt hatte sie ihn von ihrem Taschengeld. Tagsüber stand er unauffällig auf ihrer Schminkkonsole, abgedeckt mit einem Halstuch. Nur, wenn Ma die Wäsche ins Zimmer brachte, bekam die Spiegelfläche für ein paar Minuten Licht ab. Ihre Mutter hätte sonst sofort durchschaut, was sie bezweckte! Gegen 19.30 Uhr leuchtete der Erdtrabant für ungefähr eine Stunde ins Zimmer. Zum Glück war es da schon dunkel. Neben autogenem Training kam nun die Spiegelschau vor dem Schlafengehen dazu.

Anfangs passierte nicht viel. Es fiel Karina noch immer nicht leicht, ihre Gedanken zum Stillstand zu bringen. Auch sich selbst in die Augen zu sehen wurde auf Dauer langweilig. Doch nach einiger Zeit verschwamm das Bild im Spiegel.

Als das zum ersten Mal geschah, war Karina so überrascht, dass sie den Blick veränderte - und schon war es vorbei. Es dauerte einen ganzen Monat, bis sich aus dem verschwommenen Gesicht ein neues bildete. Dieses sah ihrer Mutter sehr ähnlich. Dann verschwand auch dieses Gesicht und alles wurde schwarz. Ab und an passierte es, dass Karina dann auf der Erde liegend erwachte, weil sie fror, oder die Glieder schmerzten. Oft schlief sie ein, während sie in die Dunkelheit vor sich starrte. Karina war ehrgeizig und kurz vorm Verzweifeln, aber Larissa erklärte ihr, dass dies der normale Weg sei. Zu "sehen" bedurfte ausdauernder Übung.

Manchmal hatte Karina dann wieder Watte im Kopf, an manchen Tagen sah sie nun die Augen vor ihrem Fenster

sehr deutlich. Es waren braune Augen und sie wirkten sehr menschlich. In mancher Nacht nahm sie diese Augen sogar noch in den Schlaf mit!
Sechs Wochen nach der ersten Übungseinheit, am Spiegel, ging Karina gutgelaunt als Erste die Treppen zur Küche hinunter. Es war Sonntag und sie war an der Reihe den Frühstückstisch zu decken. Verwundert sah sie Walt ganz ruhig auf seinem Kissen liegen. Normalerweise kam der Hund sofort angerannt und freute sich wie wild darauf, vor die Tür gelassen zu werden. Sein kleines Geschäft konnte er im umzäunten Garten erledigen. Doch heute ... keine Reaktion! Der Spaniel hob noch nicht mal den Kopf, als Karina zu ihm ging.
Da bekam das Kind es mit der Angst. Schnell lief es die Treppe hinauf, ins Zimmer seiner Eltern. Es hatte die Tür noch nicht geschlossen, als es aufgeregt zu berichten begann. Der Vater, der diesen Hund liebte, wie seine Kinder, stürzte, wie er war, die Treppe hinunter, an den Schlafplatz von Walt. Dieser schlug zwar endlich die Augen auf, machte aber keine Anstalten sich zu erheben. Herr Beunlik kniete sich zu dem Tier, um es genauer zu betrachten. Die Atmung ging ganz ruhig, als würde Walt einfach tief schlafen. Walt hatte keinen Schaum vor dem Mund und sabberte auch nicht. Er hatte sich nicht übergeben und auch nirgends Urin gelassen.
Etwas ratlos rief Karinas Vater den Tierarzt an. Dieser versprach so bald als möglich vorbei zu kommen. Doch auch eine tierärztliche Untersuchung brachte keinen Aufschluss. Als der Tierarzt gehen wollte, raffte sich Walt endlich auf, um am nächsten Baum die Blase zu leeren. Er wirkte unsicher auf den Beinen und etwas desorientiert. Der Tierarzt runzelte die Stirn.
"Wie nach einer Narkose.", murmelte er. "Oder hast du gesoffen?", fragte er noch amüsiert den Hund.

Dann gab er den Beunliks die Hand und den Rat, den Hund erst einmal in Ruhe zu lassen. Der hatte sich mit einem Grunzen wieder zusammengerollt.
"Wenn er morgen nicht wieder der Alte ist, bringen wir ihn in die Klinik!", damit war der Arzt aus der Tür.
Die Familie rätselte am Frühstückstisch. Alkohol gab es im Haus nicht, Narkosemittel auch nicht! Ob der arme Kerl einen Köder gefressen hatte? Aber, er lief nur im Feld frei. Wer sollte da schon Giftköder auslegen!
Von nun an wurde die Haustür jede Nacht verriegelt. Walt hatte sich über den Tag zwar erholt, aber sicher war sicher. Alle Kinder hatten sich pünktlich um 20 Uhr im Haus einzufinden, selbst Larissa. Diese nahm keinen Anstoß daran. Darüber wunderte sich Karina schon. Sonst konnte die Schwester kommen und gehen, wie es ihr beliebte. Und Larissa machte von der Sonderreglung oft Gebrauch. Nun nahm sie ihre Freunde mit auf ihr Zimmer und keinen schien es zu stören.

Alle diese Merkwürdigkeiten rückten bei Karina schnell in den Hintergrund. Die Weihnachtsvorbereitungen im Dorf hatten begonnen. Das Ballettensemble probte nun dreimal in der Woche - normalerweise hatte Karina zweimal Unterricht -, in der Schule wurde das Krippenspiel eingeübt. Außerdem war das Wichteln in der Klasse angesagt.
Um daran teilnehmen zu können, hatte Karina ihren Bruder gefragt, ob sie ihm beim Austragen helfen dürfte. Nur für ein paar Wochen, gegen eine kleine Bezahlung. Jonas war ganz froh, über das Angebot. Umso schneller würde er mit der Arbeit fertig sein. Es gab schon die ersten Fröste und bei eisigem Wind war es wahrhaftig keine Freude früh morgens das Papier unter die Leute zu bringen. Die beiden einigten sich auf einen Euro pro Tag,

den Karina ihm helfen würde, und auf vier Wochen. Drei Euro bekam das Mädchen sofort, den Rest würde es nach Ende der verabredeten Zeit erhalten. Karina war zufrieden. Für die drei Euro würde sie etwas für ihr Wichtelgeschenk finden. Den Rest wollte sie für weihnachtliche Süßigkeiten ausgeben, die es in der Familie nicht gab.

Das einzige, das auch in dieser, selbst für Kinder hektische, Zeit an Ungewöhnlichem blieb, war dieses braune Paar Augen. Karina sah sie, wenn sie mit Elias zur Schule ging, in irgendeinem Busch. Als sie, mit dem Rad, in den nächsten Ort fuhr, um das Wichtelgeschenk zu kaufen - außer einem Bäcker und dem Kiosk gab es keinen Laden in ihrem Dorf - tauchten die Augen hinter einem Baum auf. Eigentlich war sich Karina sicher, dass es sich nicht um ein Tier handeln konnte. Das Augenpaar hatte dafür die falsche Höhe.

Aber, sollte es ein Mensch sein, dachte das Mädchen, *müsste ich doch wenigstens bei Tag ein Gesicht sehen oder den Rest des Körpers!*

Selbst Sonntags, wenn sie mit Jonas Zeitungen verteilte, fühlte sie sich von dem Blick verfolgt. Wenn sie ihren Bruder darauf aufmerksam machen wollte, waren die Augen verschwunden. Den entlassenen Kindesentführer im Hinterkopf verließ Karina deshalb das Haus nur noch, wenn es sein musste. Da es draußen kalt war, machte sich niemand Gedanken darüber.

Karina war mit ihren Übungen inzwischen soweit gekommen, dass sich, durch die Schwärze, hin und wieder ein Bild formte. Mal war es ein Tier, mal ein Mensch, der sie an ihre Ma oder an Larissa erinnerte. Vor zwei Tagen war diese Frau dann schlagartig gealtert. Karina hatte dabei zusehen können, wie die Frau, die einfach vor ihr stand, etwas kleiner wurde, sich Falten bildeten, dann die Haare weiß wurden und der Rücken krumm. Aber noch immer gelang es Karina nicht jedes Mal, durch das Dunkel zu stoßen. Und hatte es dann geklappt, wurde sie leicht nach vorne gedrückt, bevor das Bild erschien ...

So war das Mädchen nicht verwundert, als eines Abends, als sie vor ihrem Spiegel saß, wieder erst alles schwarz wurde und dann der Ruck kam. Allerdings tauchte bei diesem Versuch kein Bild auf.

Jonas war der Erste der in der Küche erschien. Seine Arbeit war erledigt und er freute sich aufs Frühstück. Karina war mal wieder dran, mit Tisch decken, und da seine jüngere Schwester immer emsig bei der Sache war, würde der warme Kakao schon auf dem Tisch stehen, dachte er.

Völlig verwirrt stellte er fest, dass es weder warmen Kakao gab, noch der Tisch gedeckt war. Sollte Karina verschlafen haben? Jonas konnte sich nicht daran erinnern, dass das, in dem einen Jahr, in dem Karina mit von der Partie war, was den Haushalt anging, auch nur ein einziges Mal vorgekommen war!

Aber, dachte er lächelnd, *einmal ist immer das erste Mal!* Er ging die Treppe hinauf, um seine Schwester zu wecken. Als er jedoch die Tür öffnete, war das Zimmer leer! In der Mitte des Raumes lag ein Spiegel auf der Erde, das Bett war unbenutzt. Wäre es nicht so lausig kalt gewesen, hätte Jonas angenommen, Karina hätte sich mal wieder aus dem Haus geschlichen. Aber so? Außerdem hing auch die dicke Jacke über dem Schreibtischstuhl.

Jonas schloss die Tür und klopfte als nächstes bei Larissa

an. Seine einzige Erklärung war, dass die Schwestern sich verquatscht hatten und die Kleine bei der Großen eingeschlafen war. Er musste erst richtig laut gegen die Tür hämmern, bis Larissa sich bequemte, ihm zu öffnen.

"Bist du bescheuert? Ich hab heut frei!", pflaumte diese ihren Bruder an.
"Ist Karina bei dir?", fragte der Bruder unbeeindruckt. Jeder in der Familie wusste, dass Larissa ungehalten war, wenn man sie weckte.
"Was? Warum sollte sie?" Larissa war verwirrt und ungnädig.
"Weil sie nicht in ihrem Zimmer ist!", entgegnete der Junge. "In der Küche ist sie nicht, und die Jacke hängt über dem Stuhl ..."
Schlagartig war Larissa hellwach.
"Schau du im Bad und im Keller nach, ich wecke die Eltern!", wies sie erregt den Bruder an.

Kaum hatte sie das ausgesprochen, stand sie im Schlafzimmer von Sonja und Adrian. Auch die waren sofort auf den Beinen, nachdem sie gehört hatten, was Larissa zu erzählen hatte. Aufgeregt wurden das Haus und der Garten durchsucht. Nur Walt lag mal wieder recht unbeteiligt auf seinem Platz. Die Beunliks hatten die nun öfter vorkommende Müdigkeit ihres Hundes auf sein Alter geschoben, da es ansonsten keine Anzeichen für eine Krankheit gab.
Zu viert hatten sie jeden Winkel im Haus und im Garten durchkämmt, aber von Karina gab es keine Spur. Durchgefroren saß die Familie nun, mit warmen Getränken, ratlos in der Küche. Während Herr Beunlik nach einer logischen Erklärung suchte, wurde seine Frau hysterisch.

"Wir müssen die Polizei holen!", schrie sie in einem ungewohnt hohen Ton.
"Versuche dich zu beruhigen, Sonja", redete Herr Beunlik auf seine Frau ein, "denk daran, dass hier noch zwei weitere Personen im Raum sind!"
Er hatte absichtlich nicht Kinder gesagt, weil die beiden seit einiger Zeit allergisch darauf reagierten. "Lass uns lieber überlegen, wo Karina noch sein könnte!"
"Ohne Jacke?", gab Jonas zu bedenken.

Draußen hatte es um die null Grad. Auch wenn das Nesthäkchen der Familie schon die tollsten Sachen fabriziert hatte, so unvernünftig war sie eigentlich nicht, dass sie bei so einem Wetter ohne Winterjacke aus dem Garten ging. Leidlich überzeugt nickte der Vater mit dem Kopf.

"Aber zuerst rufen wir alle an, die Karina kennen. Nicht, dass sie uns nur einen Streich spielen will, und sich eine Jacke geborgt hat!"
Obwohl auch er nicht wirklich von seiner Idee überzeugt war, solche Streiche waren nicht Karinas Art, wurden die Telefonnummern untereinander aufgeteilt, und im Akkord telefoniert. Alle klammerten sich an diese Hoffnung, denn was wäre sonst die Konsequenz? Daran wollte niemand denken ...

Um 13 Uhr klingelten die zwei uniformierten Männer bei den Beunliks. Beide kannten die Familie und waren dementsprechend betrübt und angespannt zugleich. Vor gerade einmal drei Jahren mussten sie die Vermisstenanzeige von Larissa zu Protokoll nehmen.
Damals war davon ausgegangen worden, der Teenager wäre von zu Hause ausgerissen. Zwar wurden sämtliche

Hebel in Bewegung gesetzt, wirkliche Sorgen machte man sich auf der Wache jedoch nicht. Keiner der beiden war jemals zuvor an der Klärung einer Entführung beteiligt gewesen. Man lebte auf dem Land und bekannte Persönlichkeiten waren im Kreis nicht anzutreffen. Bis dahin hatten sie nur Verkehrsunfälle, Schlägereien und selten einen Einbruch zu bearbeiten gehabt. Und nun war ausgerechnet deren zweite Tochter verschwunden! Als der Anruf auf der Wache einging hatten sich die beiden Polizisten entsetzt angesehen. Wie war das möglich? Bei den Beunliks gab es nichts zu holen. Schon für Larissa war damals keine Lösegeldforderung eingegangen! Es handelte sich um eine ganz normale Durchschnittsfamilie. Und nun war auch das zweite Mädchen weg. Was sollte das?

Außer, dass die Große ihren Entführer so gut beschrieben hatte, dass man ihn, kurz nachdem sie wieder aufgetaucht war, dingfest machen konnte, war aus ihr nichts herauszubringen gewesen. Selbst vor Gericht hatte die damals siebzehnjährige geschwiegen. Das war nicht so ungewöhnlich. Zum einen befand sich das Mädchen damals in der Pubertät, zum anderen wagten viele Frauen nicht, vor Gericht auszusagen, wohl aus Scham. Aber Karina war gerade mal zehn! Diesmal, so hatten die beiden auf der Fahrt zu den Beunliks verabredet, würden sie nicht so bald locker lassen. Es musste einen Grund dafür geben, dass gleich zwei Mädchen der gleichen Familie verschwanden! Dass die Jüngste der Familie nicht irgendwo behütet ihren Spaß hatte, stand inzwischen fest.

Herr Beunlik öffnete, völlig mit den Nerven fertig, die Tür und die Polizisten nickten zur Begrüßung und betraten

ein Haus, das einer Grabkammer glich. Die Angst war fast greifbar und es wirkte kalt in den Räumen. Alles Leben schien dahin.
Betrübt saß die Familie am Esstisch als die Staatsbediensteten dazu kamen. Zuallererst hatten sie sich im Haus umgesehen und jede Menge Fotos geschossen. Dies galt der Beweisaufnahme. Später würden Kollegen der Spurensicherung sich noch genauer in Karinas Zimmer umsehen.
Die Befragung begann. Nachdem die Grunddaten erfasst und der Ablauf des Tages protokolliert war, platzte Larissa heraus:

"Ma! Wir müssen es ihnen sagen!"

Jonas wurde ebenso hellhörig wie die Polizisten. Doch die Mutter schüttelte trotzig den Kopf.

"Wenn du es nicht tust, mach ich es!" Herr Beunlik war wütend aufgesprungen.
"Wir dürfen das nicht!", versuchte seine Frau ihn zur Einsicht zu bringen. Sie griff nach seinem Arm und sah ihn flehend an.
Als ihr Vater den bereits zur Erklärung geöffneten Mund wieder schloss, sagte Larissa schnell, bevor sie jemand daran hindern konnte:

"Ma war früher in so einer Sekte."
"Waas?" Die Polizisten und Jonas hatten es fast zeitgleich ausgerufen.
Erstere schauten den Jungen erstaunt an.
"Du wusstest das auch nicht?", fragte der kleinere den Jungen.
Dieser schüttelte den Kopf.

Der Junge war wie vor den Kopf geschlagen. Deshalb ließen die Polizisten ihn in Ruhe und wandten sich den Frauen zu. Frau Beunlik hatte ihrer Tochter einen zornigen Blick zugeworfen.

"Wie konntest du...", zischte sie gerade.
"Sonja, es reicht!", ging der Vater dazwischen. "Es geht hier schließlich um unsere kleine Tochter und nicht um deine Befindlichkeiten!"
"Ich habe geschworen...", begann Frau Beunlik wütend, aber ihr Mann fiel ihr kalt ins Wort.
"... und du hast diesen Schwur in dem Moment gebrochen, als du ihnen Larissa nicht überlassen hast! Begreif endlich dass das Verbrecher sind!"
Während Jonas in sich zusammen fiel, rückten die Polizisten ihre Stühle zurecht.
"Wir sind ganz Ohr!", bemerkte der eine. Beide waren sie ärgerlich darüber, dass Frau Beunlilk so wichtige Informationen bisher verschwiegen hatte.

Es wurde zu Protokoll genommen, dass Frau Beunlik seit ihrer Jugend Mitglied einer den Wicca ähnlichen Vereinigung gewesen war, die auf den Spuren der alten Religionen wandelte. Unter Anleitung eines alten Briten studierten die nach Erkenntnis Suchenden die Rituale, der Vereinigung zum einen, zum anderen die Philosophie vergangener Generationen. Die Mitglieder bestanden aus Kirchenabweichlern und New Agern. Es gab verschiedene Einweihungsstufen, eine Hierarchie als solche aber nicht.
Der Orden war so lange harmlos bis der Hohepriester starb. Sein Nachfolger war radikaler. Er verlangte von den Frauen, mit der höchsten Weihe, dass sie ihre erste Tochter dem Orden überließen, von den männlichen

Mitgliedern forderte er den ersten Sohn. Abgeschottet von der Zivilisation sollten diese von Geburt an nach den Regeln des Ordens erzogen werden. Dieser Eid musste geleistet werden, wollte man nicht verstoßen werden.
Da es für die Mitglieder keinen sonstigen Ansprechpartner gab und alle von der Philosophie überzeugt waren, taten sie. Es handelte sich um einen eingeschworenen Haufen, der für fast alle zur Familie geworden war, so auch für Frau Beunlik. Und in vielen Jahren der Mitgliedschaft hatten sie gelernt, wohin ein Eidbruch führte. War es unter dem alten Briten nur der schmerzliche Verlust seines Selbst und der Ausschluss aus der Gemeinde, führte der nächste Hohepriester empfindliche Strafen ein. Schläge mit der Peitsche und die Verunglimpfung in der Öffentlichkeit waren nur zwei seiner Spielarten. Auch Sonja hatte den Eid abgelegt. Damals war sie zweiundzwanzig. Erst drei Jahre darauf lernte sie Adrian kennen und lieben.
Adrian war nie Mitglied in diesem Orden. Als Sonja schwanger wurde, musste sie ihm beichten, dass sie das Kind, sollte es eine Tochter sein, würde abgeben müssen. Ihr Mann fand dies von Anfang an wahnsinnig und war strikt dagegen.
Je weiter die Schwangerschaft gedieh, umso weniger wollte sich auch Sonja von ihrem Kind trennen müssen. So beschlossen die Beunliks, ihr Hab und Gut zu packen, und in einer Nacht und Nebel Aktion die Stadt, in der sie damals lebten zu verlassen. 530 Kilometer vom Orden entfernt hatten sie sich schließlich hier niedergelassen. Sie waren der Überzeugung, dass sie der Orden nicht über seinen Wirkungskreis hinaus verfolgen würde. Alle drei Kinder kamen auf die Welt, ohne dass Sonja auf eines der Mitglieder gestoßen war. So legten die Beunliks den Orden ad acta, bis zu dem Zeitpunkt als Larissa

verschwand. Und auch da hatte es lange gedauert, bis sie auf die Idee gekommen waren, dass der Orden dahinter stecken könnte. Gewissheit darüber hatten sie auch erst, nachdem Larissa wieder da war und ihnen berichtet hatte, was geschehen war.

Der größere und ältere der beiden Polizisten pfiff durch die Zähne.
"Na, da haben wir aber einen eindeutigen Fall für die Kripo.", bemerkte er trocken.
"Und was ist mit Pretz? Gehört der zu der Truppe oder war der nur ein Bauernopfer?", wollte der andere wissen.
Larissa bestätigte, dass dieser Mensch zum Orden gehörte, und ihr Entführer gewesen war.
"Hat irgendeiner den in letzter Zeit gesehen?", fragte der ältere Polizist in die Runde, aber Familie Beunlik schüttelte den Kopf.

Jonas liefen die Tränen übers Gesicht, als ihm klar wurde, dass Karina und er all die Jahre im Unklaren über die Hintergründe von Larissas Fernbleiben gelassen worden waren. Er konnte nur nicht sagen, ob die Lüge seiner Eltern oder die Erkenntnis dass seine heile Welt nie heil gewesen war, ihn so schmerzte.
Schniefend berichtete er den Polizisten, das seine Schwester von einem Augenpaar erzählt hatte, das plötzlich auftauchte und genauso plötzlich wieder verschwand. Da sich beide keinen Reim darauf hatten machen können, hatte er es bald verdrängt. Es schauderte ihn bei dem Gedanken der kürzlich Entlassene könnte es, kaum auf freiem Fuß, auf die Kleine abgesehen haben. Auch Larissa fiel wieder ein, dass Karina davon erzählt hatte. Sie sagte den Männern

in Uniform auch, dass selbst die gedacht hatte, es handele sich dabei um ein Tier. Dabei standen selbst der sonst so toughen zwanzigjährigen die Tränen in den Augen.

Sie erzählte nun auch, dass der Pretz nur ihr Entführer war. Der hatte sie an sich ganz gut behandelt. Im Orden war es schaurig geworden. Der Hohepriester hatte sie vergewaltigt und versucht sie mit Schlägen gefügig zu machen. Sie sollte niedere Aufgaben übernehmen und sich unterweisen lassen. Weder auf den Dienst noch auf die Unterweisung hatte sie jedoch Lust gehabt und sich eines Nachts, als alle bei einer Anrufung waren, ihr Bettzeug zerschnitten und sich aus ihrem Fenster abgeseilt. Das ging nur, weil die Kammer nicht in den höheren Geschossen des Gebäudes lag. Sie hatte sich dann blindlings durch Feld und Wald geschlagen, bis irgendwann eine Straße auftauchte. Der war sie in die nächste Ortschaft gefolgt und von dort aus Schwarz, mit der Bahn, nach Hause gefahren. Sie hatte ihrer Mutter versprechen müssen nichts zu sagen. Dabei warf sie dieser einen verächtlichen Blick zu.

Niemand bemerkte, dass Jonas immer blasser geworden war. In ihm war eine Welt zusammengebrochen und die Scherben bereiteten ihm Bauchschmerzen und Übelkeit. Der Gedanke an das, was seiner Schwester geschehen war, hämmerte in seinem Kopf und machte ihn rasend vor Wut. Am liebsten hätte er seine Mutter verprügelt! Wie konnte sie so etwas zulassen? Und ... drohte der Kleinen nun das gleiche Schicksal?

Als könnten die Polizisten seine Gedanken lesen, äußerten sie die gleiche Befürchtung. Der eine drängte Frau Beunlik preiszugeben, wo dieser "Orden" seinen Sitz hatte, der andere telefonierte schon mit den höheren Stellen.

Der Polizeiapparat hatte alle Hebel in Bewegung gesetzt, um Karina zu finden. Der Orden war hochgenommen worden und es hatte viele Verhaftungen gegeben. Einige der Kinder, die bis dahin in dieser dubiosen Gemeinschaft gelebt hatten, wurden vorerst in Kinderheimen untergebracht. Insgesamt waren es fünfunddreißig gewesen. Karina war nicht darunter ...
Danach durchsuchten Hundertschaften sowohl die Umgebung des Ordens, als auch die Umgebung der Beunliks. Es fanden sich viele Freiwillige, die sie Suche der Polizei unterstützten. Aber, von Karina keine Spur!
Erst einmal war die Familie erleichtert, dass die Polizei nicht mit einem Seelsorger in der Tür stand, um ihnen mitzuteilen, dass Karinas Leiche gefunden worden war. Doch schnell gewann die Angst wieder Oberhand. Wo in Gottes Namen war das Kind?
Erneut wurden sie von den Polizisten befragt. Karina war seit zwei Wochen verschwunden und es hatte kein Lebenszeichen gegeben. Kein Erpresserbrief, kein Anruf, keine Gegenstände der Kleinen per Post - einfach nichts!
Die Kriminalpolizei weitete ihre Befragungen auf alle Bekannten aus. Die Mitschüler und Lehrer wurden befragt, ebenso die Dorfbewohner. Larissas Freunde mussten ihre Aussagen machen, genau wie Basti. Die Arbeitskollegen der Beunliks und die Eltern der Mitschüler - alle wurden sie befragt, keiner konnte weiterführende Hinweise geben.

Regelmäßig kam von nun an ein Mitarbeiter des psychologischen Dienstes zu Besuch, um der Familie beizustehen. Während Larissa Halt bei Ines und Benny fand, zog sich Jonas immer mehr zurück. Er las nicht mehr, vernachlässigte seinen Job und in der Schule starrte er oft geistesabwesend aus dem Fenster. Er aß zu wenig und hatte in den vergangenen zwei Wochen gewiss 4 Kilo an Gewicht verloren. Sein Klassenlehrer hatte deshalb veranlasst, dass er vom Unterricht befreit wurde. Noch immer fraß der Zorn an ihm und die Scherben seiner Welt bohrten sich in seine Eingeweide. Immer wieder liefen ihm die Tränen. Wenn überhaupt sprach er mit seinem Pa über seinen Kummer. Oft saß der aber nur hilflos an Jonas Bett. Wie konnte er ihm helfen, wenn der Junge eben nicht sprach?

Auch Adrian war von seinem Chef bis auf Weiteres beurlaubt worden. Er hatte sich beim besten Willen nicht auf die Arbeit konzentrieren können. In der Firma zeigte man jedoch Verständnis. Alle waren fassungslos, als sie von dem Drama erfuhren. Einige Frauen der Kollegen schauten hin und wieder bei den Beunliks vorbei, um den Haushalt nicht untergehen zu lassen oder anderen Beistand zu leisten. Sogar der Chef persönlich war da gewesen um sich zu erkundigen, wie er helfen könnte!

Sonja erging es nach diesen zwei Wochen ähnlich wie ihrem Sohn. Aus der resoluten, lebensbejahenden, Person war ein Häuflein Elend geworden. Nachdem Karina nicht im Orden aufgefunden worden war, zogen Schuldgefühle die Frau in ihren Bann. Sie hatte ihren Orden ebenso verraten, wie ihre Familie. Zudem, sie hatte ihre jüngste Tochter nicht beschützen können. Zum Ende der ersten Woche, nach Karinas Verschwinden, hatte die Frau aufgehört sich um sich zu kümmern. Fortan saß sie im Wohnzimmer vor dem Fenster, von dem aus sie den Weg zur Haustür einsehen konnte. Sie schlief kaum noch und aß was ihr Mann ihr vorsetzte. Sie sprach nur noch, wenn sie gefragt wurde und fand sich so von Tag zu Tag isolierter. Die beiden Kinder, die noch im Haus waren mieden sie, ihr Mann verlor zum Ende der zweiten Woche die Geduld mit ihr. Ihre vormals so schönen blonden Haare, die - obwohl glatt - so dick waren, dass sie immer riesige Gummibänder brauchte, um sie zu binden, hingen nun fettig und glanzlos an ihr herab. Seit Tagen trug sie die gleichen Kleider und genauso lange hatte ihr Mann sie nicht mehr im Bad gesehen. Sie kochte nicht mehr, tat nichts mehr, als aus dem Fenster zu schauen, um nicht zu verpassen, wenn ihr Kind wieder käme.

Adrian hatte versucht sie daran zu erinnern, dass sie noch zwei weitere Kinder und einen Ehemann hatte, die Unterstützung brauchten, ohne Erfolg. So hatte er, soweit er es vermochte die Führung übernommen.

Larissa reagierte auf die Situation vollkommen anders. Die war mit Ines und Benny ständig unterwegs. Immer auf der Suche nach einem Hinweis oder einer Spur. Noch bevor die Polizei die breite Öffentlichkeit einschaltete, hatte sie ihr Erspartes in Flugblätter und Fahrkarten umgemünzt, um in den nächst größeren Städten nach ihrer Schwester zu fahnden. Als Einzige ging sie noch regelmäßig zur Arbeit, was das Dorf in Erstaunen versetzte.
Es dauerte nicht lange, bis Adrians Chef Wind von Larissas Aktionen bekam. Eines Abends, dreieinhalb Wochen nach Karinas Verschwinden, stand er mit seiner Frau bei den Beunliks in der Tür, um das Ersparte der ältesten Tochter wieder aufzustocken. Außerdem hatte er darauf bestanden, Larissa in den weiteren Umkreis zu chauffieren. So fühlte er sich nützlich in der Situation

und konnte gleichzeitig ein Auge auf die Mädchen haben. Er hätte es sich nie verziehen, wenn Ines oder Larissa bei ihrer Suche auch noch unter die Räder gekommen wären! Benny glänzte immer öfter durch Abwesenheit. Adrians Chef war sich auch nicht zu schade ebenfalls, mit Flugblättern in der Hand Passanten zu befragen.

Auch die Polizei suchte nach vier Wochen ihr Heil in der Öffentlichkeitsarbeit. Auch daran war Adrians Chef nicht ganz unschuldig. Alle großen Fernsehsender brachten in den Nachrichten einen Aufruf, die großen Zeitungen wurden eingeschaltet. Das Internet bemüht. Selbst Interpol war inzwischen eingeschaltet.
In den darauffolgenden Wochen liefen zahlreiche Hinweise bei den Polizeistationen ein, die von einer Sondereinheit ausgewertet wurden. Einige versuchten, den Pretz auf diese Weise wieder hinter Gitter zu bekommen, der hatte jedoch ein wasserdichtes Alibi. Das hatten die Polizisten schon früh abgeklärt. Der hatte in der Nacht der Entführung aufgrund einer Blinddarmentzündung im Krankenhaus gelegen.

Wie immer, wenn die Öffentlichkeit eingeschaltet wurde, gab es neben Nützlichem und Gutgemeintem auch negative Ausschläge. Tagelang belagerten Sensationsreporter das Grundstück der Beunliks. Natürlich war auch herausgekommen, dass Sonja Mitglied in diesem "Orden" war und so gab es böse Briefe, Anrufe und Anfeindungen. Ganz vorn dabei waren die Klumts. Die Eltern von Lara und Marc. Die posierten gerne vor den Kameras und Mikrofonen, um die Welt wissen zu lassen, dass sie ja schon immer gewusst hatten, dass mit den Beunliks was nicht stimmte!
Die Zeit verging und Karina schien vom Erdboden

verschluckt. Nach weiteren sechs Wochen waren sämtliche eingegangenen Hinweise abgearbeitet, nicht einer hatte die Polizei auf eine brauchbare Spur gebracht. Ein von Adrians Chef bezahlter Detektiv hatte einen anonymen Hinweis nach Großbritannien verfolgt und arbeitete vor Ort mit Scotland Yard an dem Fall. Für die hiesigen Polizeibehörden blieb nur abzuwarten, was dabei raus kam.

Das Einzige, das Sonja und Larissa in dieser Zeit gemein hatten, war der unerschütterliche Glaube daran, dass Karina am Leben war. So wie die eine am Fenster saß und auf die Rückkehr ihrer Tochter wartete, graste die andere geduldig Ortschaft um Ortschaft ab.
Einmal sagte Sonja traurig zu ihrem Mann, dass sie, während sie aus dem Fenster gestarrt hatte, "gesehen" hätte, dass Karina in dem Orden sei. Sie war fest davon überzeugt, dass die Ermittler etwas übersehen hatten!
Auch Larissa lief manches Mal einem Mädchen hinterher, weil sie dachte, sie hätte ihre kleine Schwester erkannt.

Jonas nahm indes homöopathische Antidepressiva, damit er überhaupt ein wenig Nahrung zu sich nehmen konnte. Der Hausarzt, Herr Becker, hatte ihm die aufs Auge gedrückt. Und tatsächlich schienen die zu wirken. Ab und zu schaffte es Jonas wieder, zum Essen in die Küche zu kommen oder ein paar Minuten in den Garten zu gehen. Die Tage wurden wieder deutlich länger, auch wenn es noch bitterkalt war. Langsam wich der Schmerz in Jonas einer erleichternden Leere. Die Tränen versiegten, nur die Hilflosigkeit blieb. Mit seiner Mutter hatte er, seitdem sicher war das Karina fort war, kein Wort mehr gewechselt. Er hatte für sie nur noch Verachtung übrig.

Adrian befand sich indes in einer Phase der Gemütsschwankung. Mal stand er morgens auf, mit der Idee, dass Karina gefunden worden war. Dann war er gutgelaunt und stark, bis dann nach einigen Stunden eine Verzweiflung von ihm Besitz ergriff, die er bisher nicht gekannt hatte. Und er dachte, dass er seine jüngere Tochter nie mehr sehen würde. Dann war er ungehalten, ungeduldig und auch schon mal ungerecht. Dann wieder lief es genau umgedreht ab.

Nach einem weiteren halben Jahr unablässiger Suche wurde die Sonderkommission aufgelöst. Es gab keine neuen Hinweise, keine Leiche. An dem Tag, als die Dorfpolizisten den Beunliks diese Nachricht überbrachten, brach Sonja völlig zusammen. Die Tränen, die seit Karinas Verschwinden nicht hatten fließen können, brachen sich nun Bahn. Sie sank noch in der Haustür in die Knie, trommelte mit den Fäusten gegen die Beine eines Polizisten und schrie dauernd:

"Nein! Nein, das könnt ihr nicht! Neeeiiin!!"

Dr. Becker kam, um ihr eine Beruhigungsspritze zu geben. Sobald die Wirkung nachgelassen hatte, tobte Frau Beunlik wieder. Den anderen Familienmitgliedern blieb nichts anderes über, als die Mutter Zwangseinzuweisen. Selbst in der Klinik, nachdem die Medikation gestellt war, behauptete Sonja noch, ihre Tochter gesehen zu haben. Mal im Orden, mal in einer Schule, mal in den Bergen. Der Familie wurde erklärt, dies gehöre zu ihrem Krankheitsbild.
Der Sommer war in Hochform und Larissa hatte beschlossen, ihr Abitur nachzuholen. Aus ihr war in der Zwischenzeit ein richtiges Hausmütterchen geworden.

Sie kochte, putzte, wusch die Wäsche. Nur die Fenster und der Einkauf waren das Revier des Vaters.
Mit Ines war sie regelmäßig auf Achse, Benny hatte sich von den beiden etwas distanziert. Schulterzuckend hatten die jungen Frauen es zur Kenntnis genommen. Wer nicht will, der hat schon! Das war ihre Devise. Trotz Schule und Haushalt hatte sie ihren Job im Kiosk nicht gekündigt.

Adrian ging seit zwei Monaten wieder zur Arbeit. Das fiel ihm nicht leicht, doch die Kinder mussten versorgt werden, das Haus abbezahlt und Rechnungen überwiesen werden. Auch, wenn Larissa einen Teil ihres Verdienstes abgetreten hatte, seit seine Frau entlassen worden war, war es in finanzieller Hinsicht eng geworden. Das Kündigungsschreiben hatte Sonja vor drei Monaten erreicht, doch seine Frau hatte es nicht einmal wirklich zur Kenntnis genommen.

Jonas war nach der neunten Klasse von der Schule abgegangen. Er hätte das Schuljahr wiederholen müssen, um den nötigen Zensurendurchschnitt für die 10. Klasse vorweisen zu können, doch das wollte er nicht. Er hatte sich in der nächsten Großstadt für ein berufsvorbereitendes Jahr in der KFZ-Branche eingeschrieben und könnte danach einen Ausbildungsplatz bei einem Bekannten des Chefs seines Vaters antreten. Auch eine kleine Wohnung war schon angemietet. Jonas war froh dem Dorf und somit den Erinnerungen, wie er dachte, zu entkommen. Er hatte sehr unter dem Getuschel einiger Dorfbewohner und den mitleidigen Blicken seiner Mitschüler und Lehrer gelitten. Keiner hatte je offen mit ihm über die Situation gesprochen.

Als Larissa ihr Abitur bestanden hatte, gab es noch immer kein Lebenszeichen von Karina. Während Adrian langsam begann es als Tatsache zu akzeptieren, dass er seine jüngste Tochter nie mehr wiedersehen würde, glaubte Larissa noch immer fest daran. Ständig sagte sie zu ihrem Vater:

"Sie lebt, Pa! Ich spüre dass sie noch lebt!"

Nur daran glauben konnte Adrian nicht mehr. Seine Frau hatte sich trotz intensiver Bemühungen der Ärzte nicht erholt. Im Gegenteil. Sie verfiel von Woche zu Woche mehr. Anfangs hatte Adrian sie noch dreimal in der Woche besucht. Seit einiger Zeit verlängerten sich diese Abstände jedoch. Auch seine Frau beteuerte immer wieder, dass sie wüsste, dass Karina noch lebt. Kopfschüttelnd fragte sich der Familienvater manchmal woher die beiden Frauen ihre Gewissheit nahmen. Wenn er auch nur einen Anhaltspunkt hätte! Aber so ...

Jonas steckte mitten in der Ausbildung. Mit seiner Familie hatte er nur noch Kontakt, wenn Larissa oder sein Vater ihn anriefen. Ihm fehlte einfach der Antrieb. Wenn er von der Arbeit nach Hause kam, warf er sich auf sein Bett und starrte die Decke an, bis er einschlief. Manchmal träumte er dann von Karina. Mal stand sie auf einem Berg, mal schien sie sich in einem Klassenraum zu befinden. Aber davon wussten die anderen nichts. Die wussten auch nicht, dass er nur auf der Arbeit aß und trank.

Im Frühling dieses Jahres hatte Walt im Alter von nur zehn Jahren das Zeitliche gesegnet. Er hatte sich nur schlecht mit der neuen Situation arrangieren können. Er fraß immer weniger, auch die früher heißgeliebten Spaziergänge mit seinem Herrchen machten ihm bald keinen Spaß mehr. Er legte sich an einem der letzten Tage im Mai unter einen Baum im Garten, um sich nicht mehr zu erheben. Adrian hatte das Herz geblutet, als er sah, wie sehr das Tier litt. Sein Tod aber ließ es endgültig zerbrechen. Nur die Verantwortung für die beiden verbliebenen Kinder hielt ihn noch aufrecht.

Acht Jahre nachdem Karina verschwunden war, herrschte wieder ein wenig Leben im Haus der Familie Beunlik.
Larissa hatte das Leid ihres Vaters nicht länger ertragen können und war eines Tages mit zwei Welpen nach Hause gekommen.
Sie hatte es nach dem Abitur nicht über sich gebracht den Vater auch noch zu verlassen, deshalb hatte sie mit einem Fernstudium begonnen. Ihr Ziel war es, Betriebswirtin zu werden. Den Job im Kiosk hatte sie während der Schulzeit als Minijob weiter gemacht, seither arbeitete sie in Teilzeit dort.
An einem Tag im Februar war in dem Laden ein fescher Typ aufgetaucht. Drei Jahre älter als sie und neu zugezogen.
Zwei Monate darauf waren die beiden ein Paar und seit vier Monaten hielt zu den jungen Hunden auch noch ein junges Menschlein die beiden im Haus verbliebenen Beunliks auf Trab. Larissa hatte im September des Vorjahres ein Mädchen geboren.

Anfangs hatte Adrian sich mit Händen und Füßen gegen die Neuerungen gewehrt. Inzwischen war er wieder etwas aufgeblüht. Es war schon seit einiger Zeit klar, dass seine Frau die Psychiatrie nicht mehr verlassen können würde. Sie zeigte Anzeichen von schwerer Schizophrenie und hatte mehr als einen Selbstmordversuch hinter sich. Es hatte Tage gegeben, da hatte sie ihn nicht einmal erkannt. Diesem Schmerz wollte und konnte sich Adrian nicht weiter antun. So waren seine Besuche in der Klinik zur Seltenheit geworden.

Jonas hatte seine Gesellenprüfung mit Ach und Krach bestanden und war nach einem weiteren halben Jahr entlassen worden. Dass dies so kommen würde war lange vorher klar, Jonas hatte aber keine Anstalten gemacht sich anderswo zu bewerben. Deshalb lebte er nun vom Arbeitslosengeld, mit dem er leidlich über die Runden kam.
Schon seit er in die Großstadt gezogen war, rauchte er. Die anfangs wohltuende Leere, die sich in ihm breit gemacht hatte, belastete ihn inzwischen. Seit der große Schmerz des Verlustes gegangen war, empfand er gar nichts mehr. Manchmal ritzte er sich verstohlen mit einer Rasierklinge ins Bein um herauszubekommen, ob er überhaupt noch etwas empfinden konnte. Oft kam er sich wie ein Zombie vor.
Nur, wenn er von Karina träumte, was selbst nach dieser langen Zeit hin und wieder geschah, regte sich so etwas wie Leben in ihm. Er träumte von Karina nie als gewesenes Kind, sondern immer als die Frau, die sie heute wäre.
Vor jeder möglichen Form von Bindung hatte er Reißaus genommen, so lebte er ohne Freund oder Freundin eintönig vor sich hin. Auch der Kontakt zu Basti, dem Freund aus Jugendtagen, war inzwischen abgerissen. Aber seit er wusste, dass Larissa eine gesunde Tochter zur Welt gebracht hatte, besuchte er Vater und Schwester manchmal.

Von Karina fehlte über zehn Jahre jegliches Lebenszeichen und Adrian beschloss endlich, mit der Ungewissheit abzuschließen. Zwei Wochen bevor sich das Verschwinden jährte, teilte er seinen Kindern mit, dass er, sollte sich bis zum Jahretag nichts Nennenswertes ändern, seine jüngste Tochter für tot erklären lassen würde.
Mit seiner Frau hatte er das nicht besprochen. Sonja lebte in ihrer eigenen Welt. Vor einem Jahr war er zum letzten Mal bei ihr gewesen.
Adrian wollte endlich einen Neuanfang. Er konnte weder für die Überzeugung seiner Frau, noch für die seiner großen Tochter noch länger Verständnis aufbringen. Beide waren noch immer felsenfest davon überzeugt, dass Karina lebte. Dabei hatten sie doch alles Menschen mögliche versucht! Der Detektiv war ohne das Mädchen aus England zurückgekehrt. Aktenzeichen XY war zweimal aktiv geworden. Unterschiedliche Journalisten hatten sich an dem Fall die Zähne ausgebissen. Jedes Jahr stand, auch in der ausländischen Presse, erneut ein Aufruf an die Bevölkerung oder Karina selbst. Alle diese verzweifelten Versuche hatten zu nichts geführt, außer, dass eine zart aufkeimende Hoffnung jedesmal zerschlagen wurde!

Das Familienoberhaupt war nicht auf das Entsetzen seiner, inzwischen erwachsenen, Kinder vorbereitet gewesen. Keinerlei Verständnis brachten die beiden ihm entgegen, nur jähes Aufbäumen gegen sein Vorhaben. Eine heftige Diskussion entbrannte, in der keiner der beiden Parteien nachgeben wollte. Das Ganze endete damit, dass Larissa sich, tränenüberströmt, mit ihrer Tochter in ihr Zimmer verzog und Jonas wutentbrannt das Haus verließ.

"Das war's!", schrie er seinen Vater noch an. "Ich will dich nicht mehr sehen!"

Wie betäubt saß Adrian am Esstisch, den Kopf in die Hände gestützt. Wie aus weiter Ferne hörte er, dass Jonas seinen Wagen gestartet hatte und davon fuhr. Nach geraumer Zeit sprang der Vater auf und lief zur Tür. Er riss sie auf, und rief in die Nacht.

"Jonas!"

Aber der war natürlich fort. Von sich selbst überrascht begab sich Adrian zu Bett.

Vier Tage später stand die Polizei - die eigene Fassungslosigkeit schwer verbergen könnend - erneut vor der Tür der Beunliks. Mit dem Notfallseelsorger. Larissa öffnete und prallte zurück. Panisch rief sie nach ihrem Vater.
Es war Sonntag. Herr Beunlik hatte sich im Keller befunden und eilte herbei, um zu sehen, was seine Tochter in solche Aufruhr versetzt hatte. Als er der Gestalten in der Tür gewahr wurde, wurden seine Schritte langsamer. Zuletzt musste er sich regelrecht zwingen die Distanz zwischen sich und der Haustür zu überwinden. Er war kreidebleich geworden.

Ein Spaziergänger hatte am vorherigen Abend die Leiche Jonas' im Fluss vor der Großstadt treibend gefunden. Wiederbelebungsversuche waren zwecklos gewesen, der Körper schien schon einige Zeit im Wasser gelegen zu haben. Eine Obduktion war veranlasst worden, um die Todesursache zu klären. Dass es sich um Jonas handeln musste wurde klar, nachdem die Polizei einen

Abschiedsbrief im Wagen des jungen Mannes gefunden hatte. Er hatte das Fahrzeug ein paar hundert Meter vor der Fundstelle geparkt.

Sowohl der Seelsorger, als auch Dr. Becker, welcher noch sein Praxisgeschehen umorganisieren musste, bevor er sich auf den Weg machen konnte - auf dem Weg hatte er jede Verkehrsregel gebrochen, die er kannte, um möglichst schnell vor Ort zu sein - waren dringend von Nöten.

Während es Larissa vor Schluchzen nur so schüttelte, war Adrian regelrecht erstarrt. Er starrte auf die letzten Zeilen seines Sohnes ohne wirklich zu registrieren, was auf dem Papier geschrieben stand. Keiner der beiden Beunliks sah sich in der Lage Jonas zu identifizieren, weshalb das Adressbuch der Familie nach einem nahen Angehörigen durchforstet wurde. Dieser wurde schließlich in Form eines Bruders von Adrian gefunden. Seinen und Sonjas Eltern wollte man diesen Gang nicht aufbürden.

Als die beiden Polizisten den Rückweg antraten, ließen sie ihrer Verzweiflung freien Lauf.

"Was für eine gottverdammte Scheiße!", fluchte der Ältere.
Sein Kollege nickte.
"Ja, es ist ein irres Drama. Ich möchte nicht in der Haut ... warte mal!"
Er hielt den anderen am Arm fest.
"Was ist denn?" fragte jener alarmiert.
Doch der Jüngere ließ seine Hand wieder fallen.
"Ach ... mir war nur, als hätte ich jemanden im Gebüsch gesehen ..."

Mit gerunzelter Stirn schüttelte er den Kopf. Dann sahen die beiden sich, mit aufgerissenen Augen, kurz an. Fast gleichzeitig vollführten sie einen Hechtsprung in die Rabatte. Ein dumpfes "Mmmpff" erklang. Nicht von den zwei Polizisten, sondern von dem Kerl, der nun unter ihnen begraben lag.
"Haben wir dich, Bürschchen!", frohlockte der vorher am Arm gehaltene.
Mit vereinten Kräften zerrten sie den Erwischten ins Licht der nächsten Straßenlaterne. Larissas Verlobter war gerade vorgefahren und hatte, anfangs amüsiert, der spontanen Sporteinlage der Ordnungshüter zugeschaut. Er war erst ausgestiegen, als die beiden mit einem dritten im Schlepptau wieder aufgetaucht waren. Er erreichte die kleine Versammlung gerade, als die Polizisten dem Störenfried die Kapuze vom Kopf gezerrt hatten. "Benny!", erschall es nun im Chor. Der junge Mann war der anderen natürlich bekannt.

"Sag mal, Junge, was treibst du dich denn im Gebüsch herum?", wollte der ältere Polizist wissen.
"Das würde mich allerdings auch brennend interessieren!", ließ sich der Verlobte aus. Er war groß, schlank und kräftig. Sein Name war Lutz.
"Ich ... Larissa ... gesehen ... gewartet ...", stammelte Benny. Er war völlig von der Rolle.
"Gehen auch ganze Sätze?" Lutz wurde ungehalten.
"Ich glaube, wir regeln das auf dem Revier. Los! Einsteigen!" Damit drängten die Polizisten den zitternden Benny erst zum, dann ins Auto.
Lutz schüttelte den Kopf und machte sich auf den Weg zu Larissa. Er wollte endlich erfahren, was eigentlich vorgefallen war. Er hatte die vollkommen aufgelöste Larissa am Telefon nicht wirklich verstehen können.

Der Abend vor dem Jahrestag von Karinas Verschwinden war angebrochen. Adrian hatte gerade seufzend seine Unterschrift unter das Formular gesetzt, das seine Tochter endgültig für tot erklären würde. Auch, wenn er sich fast sicher war, dass dieser Entschluss seinen Sohn in den Selbstmord getrieben hatte, war er von diesem nicht abgewichen.

"Sonst bin ich der nächste, den ihr aus einem Fluss ziehen könnt!", hatte er Lutz erklärt.

Lutz war, was das anging, hin und her gerissen. Er verstand beide Seiten und konnte jeder etwas abgewinnen. Seine Eltern hatten es schließlich übernommen, sich um die Beerdigung und den ganzen anderen Schriftverkehr zu kümmern. Auch um die Auflösung von Jonas' Wohnung. Dort war ihnen ein Notizbuch in die Hände gefallen, in dem Adrians Sohn so etwas wie ein Tagebuch geführt hatte. Von seiner Emotionslage und davon, dass er von Karina träumte, hatten Vater und Schwester erst auf diesem Weg erfahren. Beide machten sich Vorwürfe, dass sie nicht erkannt hatten, dass auch Jonas eine therapeutische Behandlung hätte bekommen müssen.

Aus seiner Grübelei erwacht steckte Adrian die Papiere in einen Umschlag. Morgen würde er sie bei Gericht einreichen. Adrian war wieder beurlaubt. Auch er stand seit dem Tod seines Sohnes unter leichten Beruhigungsmitteln. Als er sich gerade abwandte, um sich Bettfertig zu machen, klingelte es an der Tür. Adrian überlegte kurz, ob er überhaupt öffnen sollte. Ihm stand der Sinn nicht nach Gesellschaft. Anderseits wollte er auch keinen der freundlichen Kollegen oder Nachbarn vor den Kopf stoßen. So dramatisch die Situation auch war, um sie herum hatte sich eine starke Gemeinschaft gebildet. So raffte er sich doch auf.

Er konnte nicht glauben, was er sah, nachdem er die Tür geöffnet hatte. Vor ihm stand seine Frau! Nicht die wirre Person, die sich seit nahezu einem Jahrzehnt in der Psychiatrie befand, aber die Frau, die er damals, mit dreiundzwanzig Jahren kennengelernt hatte! Die Größe, das Gesicht, die Haare ... alles passte. Ihm wurde schwindelig.

Jetzt werde ich auch verrückt, dachte er noch. Dann rief er von Sinnen nach seiner Tochter.

Larissa und Lutz kamen wie der Wind die Treppe herunter gerannt. Im Flur bremste Larissa so abrupt, dass Lutz sie beinahe über den Haufen gerannt hätte. In der Tür stand eine junge Frau im Nonnengewand. Den Kopf hatte sie gesenkt. Aber selbst so hatte Larissa sofort erkannt, um wen es sich handelte. Ihre Augen füllten sich mit Tränen.

"Karina"

Mehr brachte sie nicht heraus. Schon hatte sie die Schwarzgekleidete in ihre Arme geschlossen.

"Ich hatte gehofft, ihr würdet euch freuen ...", flüsterte die jüngste der Beunliks schuldbewusst.

Lutz stützte inzwischen den Vater. Der war so weiß wie die Hauswand vor der Tür. Larissa stellte ihre kleine Schwester vor sich.

"Das tun wir doch!", rief sie aus, und wischte sich die Tränen aus dem Gesicht. "Ich habe immer gewusst, dass du lebst! Lass dich ansch... Quatsch, komm erst mal rein!"

Adrian hatte noch immer das Gefühl, er träume das alles nur. Die vier hatten es sich im Wohnzimmer gemütlich gemacht. Lutz war gerade in die Küche gegangen, um Tee zu kochen, doch Larissa platzte fast vor Neugier:

"Wo warst du denn die ganze Zeit? Warum hast du dich nie gemeldet? Wie läufst du eigentlich 'rum?"
Karina lächelte etwas gequält und hob die Hand. "Gegenfrage: Wo sind Ma und Jonas? Wer kommt da grad durch die Tür? Und wer ist der Mann in der Küche?"
Obwohl die Stimmen mal von Ferne, mal ganz nah schienen, zwang sich Adrian in die Realität zurück.
"Das sind zu viele Fragen auf einmal!", ließ er sich vernehmen. "Dieser Frechdachs hier ist Ramona", dabei nahm er seine Enkelin auf den Schoß, die gerade ins Zimmer gekommen war. "Sie ist die Tochter von Larissa und Lutz. Lutz ist der, der sich gerade in der Küche befindet. Und nun klär' uns bitte auf!"

Karina nickte. Sie begann mit ihrem Verschwinden. Sie hatte an jenem Abend wohl einen Schlag von hinten auf den Kopf bekommen. Das nächste, was sie wieder wahrnahm, war ein Kellerraum, indem sie sich befand. Sie lag auf einer Pritsche. Neben ihr lag noch jemand. Aber wer das war, konnte sie in der Dunkelheit nicht erkennen. Ihr Kopf und überhaupt der ganze Körper schmerzten. Sie fragte sich noch wo sie war und was geschehen war, als die nicht zu erkennende Person sich

regte. Diese drehte sich zu ihr und berührte sie. An Stellen, die am meisten schmerzten. Dann lag die Person über ihr und nun wusste sie, dass es ein Mann war. Er drang in sie ein. Nun wusste sie auch, woher ihre Schmerzen rührten.
Der Mann verfiel in eine Ekstase, die ihr ein Gräuel war. Dabei fing er an zu stöhnen und zu säuseln. Jetzt wusste Karina auch, wer das mit ihr tat. Es war Benny! Sie hatte ihn an der Stimme erkannt. Sie flehte ihn an, von ihr abzulassen. In ihrem Kopf hämmerte es, ihr wurde übel und die Stöße verursachten ihr Pein. Doch Benny schien sie gar nicht zu hören. Sie wusste nicht, wie lange sie das alles ertragen musste, irgendwann ließ er von ihr ab, und schlief wieder ein. Sie konnte nicht denken. Erschöpft hoffte sie, dass die Schmerzen bald nachlassen würden, damit auch sie ein wenig Schlaf finden würde.

Karina hatte zehn Vergewaltigungen über sich ergehen lassen müssen, bis Benny zum ersten Mal den Raum verließ. Sie hatte jegliches Gespür für die Zeit verloren und es geschafft, sich emotional vom Geschehen zu entfernen. Auch wenn sie nicht wusste, wie ihr dies gelungen war, es rettete ihr das Leben.
Benny blieb nur kurze Zeit fort. Er hatte Essen und Trinken unter dem Arm. Fast fürsorglich kümmerte er sich darum, dass sie aß und trank und sich wusch. Allerdings nur, um sie danach erneut zu nehmen. Er spielte mit ihrem Haar, küsste ihren gesamten Körper, um dann in allen möglichen Posen in sie einzudringen. Auch wenn sie aus weiter Ferne das Geschehen unbeteiligt zu beobachten schien, war ihr, als wollte Benny, dass es ihr gefiel. Sie versuchte in einer der Zeiten, in der Benny sie versorgte ihm mitzuteilen, dass er ihr wehtat.
Seine einzige, harte Reaktion darauf war:

"Der Schmerz wird vergehen. Jeder gefällt das!"

Ab und an ließ er sie länger allein und Karina fragte sich dann, was ihr daran gefallen sollte. Aber, wenn er lange genug von ihr gelassen hatte, dass die Schmerzen vergehen konnten, regte sich in ihrem Körper tatsächlich etwas, wenn er sie berührte.
Einmal kam er mit einer Kamera und Kerzen in den Raum. Er stellte sie in die Mitte des Gefängnisses, fesselte ihre Hände mit den Stricken, die schon ein paarmal benutzt hatte, und zog diese durch einen Ring in der Decke. Dann schaltete er die Kamera ein. Er riss ihr die Decke, mit der sie sich wärmte vom Körper und entzündete die Kerzen. Dann tat er, was er immer tat. Auch, wenn ihr Inneres von außen mit Abscheu betrachtete, was da mit ihr geschah, ihr Körper streckte sich seinen Berührungen entgegen. Etwas wollte ihn in sich spüren, vielleicht, weil es das Einzige war, was sie überhaupt noch spürte ...
Die Zeit verging und es kamen andere Männer. Alles wurde aufgezeichnet.

Dann ... irgendwann, sah sie in die Augen, die sie zuvor ständig beobachtet hatten. Auch die gehörten einem Mann, wie sie feststellte.

Doch dieser tat nichts von dem mit ihr, was die anderen taten. Er streifte ihr ein Kleid über nahm sie vorsichtig auf die Arme und schlich mit ihr hinaus. Nachdem sie das Gebäude verlassen hatten, lief er schnell und lautlos die Straße hinunter. Es dauerte etwas, bis Karina nicht mehr von den Straßenlaternen geblendet wurde. Er verfrachtete sie in sein Fahrzeug und sie brausten davon. Am nächsten Tag stattete er das Mädchen mit neuer

Kleidung aus, brachte sie in ein helles Hotelzimmer und ließ sie schlafen. Als Karina wieder erwachte, saß er auf einem Stuhl am Fenster. Sie konnte ihn zum ersten Mal richtig sehen. Er war groß, kahl rasiert und muskulös.

Von ihm erfuhr sie, dass ihre Ma einem Zirkel angehört hatte, dem sein Vater einmal vorstand. Diesen Zirkel gab es auch in Schottland. Dort genoss er großes Ansehen. In dem Zirkel in dem ihre Ma Mitglied war, hatte sich nach dem Abtreten seines Vaters jedoch die Schattenseite des Angestrebten breit gemacht. Irgendwann spalteten sich sogar regelrechte Fanatiker ab, die dann in derartige Allmachtsfantasien verfielen, wie eben dieser Trupp, dem Karina in die Hände gefallen war.

Sie erfuhr auch endlich was damals mit ihrer Schwester geschah. Nachdem der schottische Verbund davon Kenntnis bekommen hatte, wurden Späher ausgesandt, um die anderen Töchter zu schützen. Da sie ihren Orden nicht in Misskredit bringen wollten, agierten sie außerhalb sämtlicher Behörden.

Schon viele alte Verwandte von Benny gehörten zu dieser Abspaltung. Die hatten dann auch Benny auf Larissa angesetzt, um ihrer Habhaft zu werden. Seither hatte dieser Mensch, der bis dahin für Karina nur Augen ohne Gesicht war versucht, die Mädchen der Familie zu schützen.

Wie es aber manchmal ist: er hatte eine Familienangelegenheit zu klären.

Als er wieder da war, war Karina verschwunden. Es hatte bis zum gestrigen Tag gedauert, dass sich eine

Möglichkeit ergab an sie heran zu kommen. So erfuhr Karina, dass sie vier Monate in dem Keller zugebracht hatte.

Er brachte sie schließlich, mit ihrem Einverständnis, auf die Insel. Im Tempel des Ordens wurden sowohl die körperlichen als auch die seelischen und mentalen Wunden behandelt.
Es dauerte über ein Jahr, bis Karina sich nicht mehr drängend an die Körper der dortigen Priester presste. Dann konnte sie langsam alles wieder vereinen. Sie ging unter falschem Namen in Schottland zur Schule und wurde zusätzlich im Tempel ausgebildet.
Sie hatte gelernt, dass Magie - wie alles im Leben - zwei Seiten hat. Die segenreiche und die zerstörende. Und auch, dass es einzig ihr oblag, was aus ihrem Leben würde. Dass es keine Götter und Dämonen gibt, sondern nur das Selbst und das Leben an sich.

Schon als sie sechszehn wurde hätte sie den Orden wieder verlassen können. Bis dahin hatten es die Priester und Priesterinnen für ihre Pflicht gehalten, sie zu kurieren, sie wieder zu einem weitestgehend ganzen Geschöpf zu machen, dass sich in seiner Umwelt behaupten konnte.
Vor die Wahl gestellt hatte die junge Frau sich entschieden noch zu bleiben. Dort hatte sie Halt und eine Familie gefunden. Nicht, dass sie in der ganzen Zeit kein Heimweh gehabt hätte, aber sie wollte ihre eigentliche Familie nicht belasten. Erst dann zurückkehren, wenn sie sich sicher war, dass sie nicht mehr unter Geschehenem litt.
Sie ließ sich zur Priesterin weihen und studierte Psychologie. Vor zwei Jahren hatte sie sich dann, um den

nächsten Grad der Einweihung zu erhalten und, um sich selbst zu beweisen, dass sie vollends wieder hergestellt war, dem heiligen Feuer unterzogen. Ihre Persönlichkeit ging zusätzlich gestärkt daraus hervor und sie war schwanger.
Sie wollte das Kind noch im Orden zur Welt bringen, es Stillen und dann den Priesterinnen dort übergeben. Es sollte im dortigen Schutz aufwachsen, damit ihm Ähnliches wie Larissa und ihr nicht geschehen konnte. Als es soweit war, wurde sie einem christlichen Orden überstellt, der auch in Deutschland anerkannt und aktiv war. Dort musste sie eine Probezeit absolvieren, dann konnte sie in das Kloster eintreten, welches sie gewählt hatte, und nun war sie wieder da.

Vater und Schwester hatten mit großen Augen, aus denen abwechselnd Tränen der Trauer und Tränen des Zorns liefen den Ausführungen gelauscht.

Lutz hatte sich bald seine Tochter geschnappt und hatte die Familie allein gelassen. Das war nichts für die Ohren der Kleinen und nichts für ihn. Es war Familiensache.

Larissa konnte, da selbst Frau und in ähnlicher Situation annähernd nachvollziehen, was ihre Schwester da kundtat. Sie nickte bedächtig mit dem Kopf.
Adrian hingegen war außer sich. Er hatte das Gefühl zerrissen zu werden. Seine Tochter hatte ihr Kind in Obhut anderer gelassen. Er würde diese Enkelin vielleicht nie zu Gesicht bekommen! Seine Tochter war eine Priesterin der alten Religion und eine Nonne. Allein das war paradox! Seine Tochter hatte den Orden ihrer wirklichen Familie vorgezogen! Vor allem aber ... seine Tochter lebte! Fast hätte er sie für tot erklären lassen! Sie

hätte sich doch wenigstens melden können! Jonas könnte noch leben, wenn ... Nein, er war selbstsüchtig! So schwappte es in seinem Inneren hin und her, auf und ab. Er stürzte auf die Toilette, um sich zu übergeben.

Nachdem es nichts mehr gab, was er noch hätte erbrechen können, ging er zurück zu den Frauen. Larissa war inzwischen ihrerseits dabei, die Geschehnisse im Haus der Beunliks zu erklären. Nun war es Karina, die zu Weinen anfing. Soviel Leid, soviel Elend! Und doch wieder so viel Gutes! Es gab Lutz und Ramona, und es gab die starke Gemeinschaft aus Nachbarn und Kollegen. Sie bewunderte Larissa und diese bewunderte sie.

"Aber die Spiegelschau beherrsche ich jetzt!", schmunzelte Karina leise, als sie sich von ihrer Schwester verabschiedete.
Larissa grinste zurück.

Sie sollten noch viele solcher Gespräche führen. Es dauerte lange bis Adrian die neue Situation verkraftet hatte. Zum x-ten Mal hatte seine Welt in Trümmern gelegen und nie hatte er jemandes Kopf dafür fordern können. Selbst Benny konnte dafür nicht mehr zur Verantwortung gezogen werden! Aber die Polizei hatte weiteres Material sicherstellen können, so würde der ehemals beste Freund von Larissa einige Jahre im Gefängnis verbüßen müssen. Das alles zu verdauen war nicht leicht für den Mann.

Karina war nicht wieder in das Haus ihrer Eltern eingezogen. Auch wenn Vater und Schwester sie gerne wieder ständig um sich gehabt hätten, sie hatte einen anderen Weg gewählt.

In ihrer Funktion als Nonne stand sie anderen Menschen bei, die sich in Notlagen ihres Selbst befanden. Dies tat sie über ihren neuen Orden, in dessen Kloster sie eine Zelle bezogen hatte. Aufgrund ihrer seelsorgerischen Tätigkeit war sie nicht allzu sehr in das dortige Gefüge eingebunden. Zwar hatte auch sie Verpflichtungen, diese beanspruchten die junge Frau aber nicht einmal die Hälfte des Tages.

Gleich den zweiten Tag ihrer Ankunft hatte Karina fast komplett am Grab ihres Bruders verweilt. Drei Tage war sie vom Kloster freigestellt worden, um ihre Angelegenheiten zu klären. Und so saß sie in sich gekehrt, mit den Erinnerungen und den Notizen ihres Bruders auf einer Bank seiner Ruhestätte gegenüber. Sie nahm sich die Zeit für den Abschied und dankte abschließend ihrem Bruder für seine Träume von ihr. Als sie dem Friedhof den Rücken kehrte, wusste sie, sie würde nie hierher zurückkommen. Jonas war nicht dort. Er war in ihrem Herzen.

Bis zu ihrem ersten Besuch in der Klinik verging eine Woche. Sie hatte hart mit sich gerungen. Es hatte gedauert, bis sie der Vorwürfe, die sie sich machte, Herr geworden war. In einem solchen Zustand hätte sie ihrer Ma nur zusätzlich geschadet! Trotzdem war ihr Besuch der erste seit langer Zeit, den Sonja erhielt. Nachdem auch ihr Mann nicht mehr gekommen war, war sie immer allein. Und ... Karina kam allein. Weder Vater noch Schwester sahen sich im Stande dazu.

Auch wenn dieser erste Besuch im Chaos endete, mit viel Geduld und Zuversicht schaffte Karina es schließlich ihre Mutter ein wenig aus ihrer Isolation zu holen. Auch wenn ein Jahr verging, bis es soweit war, und Sonja nie mehr ganz hergestellt werden würde, trauten sich nun die beiden anderen Familienmitglieder wenigstens ab und an zu der Kranken vor.

Als Ramona eingeschult wurde hatte Sonja sich zumindest soweit stabilisiert, dass sie für einige Stunden die Klinik verlassen durfte, um an den Feierlichkeiten teilzunehmen.

Doch die vielen Medikamente, die ihr seit ihrer Einweisung verabreicht worden waren, hatten ihren Organismus schwer geschädigt. Ein Jahr nachdem sie ihre Enkelin kennengelernt hatte, wurde sie auch körperlich krank. Erst rebellierte die Schilddrüse, dann kam eine Herzschwäche dazu, die auch mit Herzrhythmusstörungen einherging. Schließlich schwächelten auch noch Nieren und Leber.
Im fünften Jahr nach Karinas Rückkehr verstarb sie, ohne noch einmal in ihrem Haus gewesen zu sein.

Larissa und Lutz hatten noch in dem Jahr, als Karina an der Tür geklingelt hatte, geheiratet. Am 31.12.

Als die Mutter starb ging Larissa mit ihrem dritten Kind schwanger. Nach Ramona hatte sie noch einem Jungen das Leben geschenkt, der den Namen des verstorbenen Bruders trug. Karina hatte diese Wahl als nicht glücklich empfunden, aber vielleicht wollten Larissa und Adrian an ihm etwas wieder gut machen, dachte sie.

Nach dem Tod seiner Frau wurde Adrian ein anderer. Inzwischen vollständig ergraut, war er nur noch selten daheim anzutreffen. Er schien seinem Chef mit jeder

Menge Überstunden dafür danken zu wollen, dass dieser ihm immer die Stange gehalten hatte.
War er nicht auf der Arbeit, reiste er durch die Welt. Von dort brachte er jede Menge Fotos und Erfahrungen mit, die er dann als Vortragender mit anderen Menschen teilte.

Bei einem dieser Vorträge traf er auf die Frau, die fortan an seiner Seite sein sollte. Eine zweite Ehe ging jedoch nicht ein.

Seinen Töchtern war das nur recht. Auch der Vater ein Anrecht auf ein wenig Glück und Heimathafen.

Auch Karina heiratete nie. Zwar verließ sie das Kloster an ihrem dreißigsten Geburtstag - die ewigen Gelübde hatte sie auch dort nicht abgelegt - hatte danach auch hier und da eine Affäre, den Mann, mit dem sie bis ans Ende ihrer Tage hätte zusammen sein wollen, fand sie jedoch nicht.

Schon während ihrer Zeit als Nonne war sie immer wieder nach Schottland gereist, um ihre Tochter zu sehen. Sie war, nach ihrem Abschied vom deutschen Orden, noch einige Jahre als Gemeindeschwester für die Stadt tätig und siedelte schließlich wieder komplett auf die Insel um. Dort machte sie ihren Doktor in Psychologie, studierte zusätzlich noch Philosophie, um seither an der Universität zu lehren.

Die Beunliks trafen sich weiterhin regelmäßig, viermal im Jahr. Ansonsten hielten sie telefonisch und schriftlich Kontakt.

An keines der weiblichen Mitglieder der Familie wurde je

wieder Hand gelegt. Bis zu seinem Tod, zwanzig Jahre später, hatten die "Augen ohne Gesicht" dafür gesorgt, danach tat es sein Nachfolger.

Benny nahm nach seiner Haftstrafe nie mehr Kontakt zu den Beunliks auf. Obwohl sein Geisteszustand überprüft worden war, war er für voll schuldfähig befunden worden und hatte nach neun Jahren und vier Monaten das Gefängnis als freier Mann verlassen.

Ende